다시 소중한 것들이 말을 건다

다시 소중한 것들이 말을 건다

초판 1쇄 인쇄 2014년 9월 19일   초판 1쇄 발행 2014년 9월 25일

지은이 정희재
펴낸이 연준혁

출판 6분사 분사장 이진영
편집장 정낙정 | 편집 박지수 최아영
제작 이재승

펴낸곳 ㈜위즈덤하우스
출판등록 2000년 5월 23일 제 13-1071호
주소 경기도 고양시 일산동구 장항동 정발산로 43-20 센트럴프라자 6층
전화 031-936-4000 팩스 031-903-3895 홈페이지 www.wisdomhouse.co.kr
종이 월드페이퍼 | 인쇄 · 제본 ㈜현문

값 13,800원 ⓒ 정희재, 2014   ISBN 978-89-5913-836-4 03810

외롭고 높고 쓸쓸한 순간의 연필 테라피

다시 소중한 것들이 말을 건다

정희재

예담

태어나 처음으로 연필을 쥐고

비뚤비뚤한 글씨로 꾹꾹 눌러 적은

1 2 3 4 5 6 7 8 9 10

ㄱ ㄴ ㄷ ㄹ ㅁ ㅂ ㅅ ㅇ

ㅏ ㅑ ㅓ ㅕ ㅜ ㅠ ㅡ ㅣ

그 숫자, 글자들은 다 어디로 흘러가 빛나는 강을 이루고 있을까.

책의 면지 한 귀퉁이에 적던 짧은 단상,

잉크로 옮기기 전 연필로 쓰던 초고 편지,

지금은 어느 비밀의 방에 모여 살고 있을까.

그때 우리가 찾고자 했던 것들,

밤새도록 뒤척이며 고뇌했던 것들,

'산다는 것은……'이라 써놓고

서른, 마흔이 되면 멋지게 끝을 완성할 수 있으리라 믿었던 순간들,

지독한 오해로 한 생을 완성하는 것도 멋지다 생각했던 시간들.

연필을 쥐며 그 시간을 다시 산다.

행복해서 연필로 쓰는 것이 아니라

연필로 쓸 수 있어 행복하다.

차례

제1장 ,

가야 할 길이 멀어서 연필을 마련하다

제2장

마음을 내려놓으려 연필을 들다

제3장
————,
인생도 연필처럼 다듬을 수 있다면

제4장

미치지 않은 사람은 깊은 정이 없다

연필을 사랑하는
이 유

내 손가락 엄지와 검지 사이에
몽당연필이 끼워져 있다.
내 이것으로 끝까지 파리라.

— 셰이머스 히니 (1995년 노벨문학상 수상 시인)

연필은 단순한 물건입니다. 모든 혁신적인 도구들이 그렇듯 연필
도 발명된 초기에는 귀한 대접을 받았습니다. 그러나 오늘날에는 평
범한 일상의 물건이 됐죠. 모양과 쓰임새는 누구나 알 만하고 한없이
소박한 사물이지만, 연필에는 어딘지 모르게 사람의 마음을 끄는 게

있습니다.

어떤 이에게 연필은 추억 속 필기구에 불과할지도 모릅니다. 이제 연필은 학생들과 소수의 마니아를 빼면 인기 있는 필기구가 아닙니다. 다 큰 어른이 연필을 즐겨 쓴다고 하면 사람들은 신기하게 바라봅니다. '그야 뭐, 당신은 글 쓰는 사람이니까' 하고 간단하게 생각해버리기도 합니다. 글을 쓴다고 해도 컴퓨터, 샤프나 볼펜, 만년필에 비해 불편한 편인 연필을 꼭 선택해야 한다는 법은 없지요.

왜 하필 연필이냐, 라고 묻는다면 뭐라고 해야 할까요. 저는 연필이 불편해서 좋습니다. 제게는 다이얼을 돌려서 주파수를 잡는 아날로그 라디오가 있습니다. 오래전부터 써오던 것이 아니라 얼마 전에 생산된 제품을 일부러 구입한 것입니다. 이 라디오도 불편합니다. 리모컨도 없어서 다른 방송을 찾기 위해서는 다이얼을 섬세하게 맞춰야 합니다. 그러나 이 라디오를 통해 나오는 음악과 사람의 목소리에서 따뜻한 위로와 멋을 느끼곤 합니다.

우리가 통틀어 아날로그라고 부르는 것들은 불편하기에 오히려 정감이 가고 우리의 오감을 일깨워줍니다. 디지털이라는 이름으로 묻어버렸던 몸의 감각을 살아나게 하죠. 세상에는 불편해서 오히려 우리를 근원적인 세계와 밀착시켜주는 것들이 있습니다. 자전거나 필름 카메라, 아날로그 라디오가 그렇죠. 몸을 움직일수록 마음은 분주한

잡념을 멈추고 고요해집니다.

제 경우 한 번 깎은 연필로 상쾌하게 쓸 수 있는 범위는 A4 용지의 3분의 2 정도입니다. 그쯤에 이르면 다시 깎아야 합니다. 흐름을 끊지 않고 계속 이어가고 싶을 때는 미리 깎아 놓은 연필을 몇 자루 좌르르 늘어놓고 교대로 씁니다. 시간의 여유가 있을 때는 연필심이 뭉툭해지면 휴식을 취하라는 신호로 여깁니다. 연필의 나뭇결을 깎고 심을 다듬으면서, 손끝에 주의를 집중하는 동안 엉켰던 생각의 실타리가 풀리기도 합니다. 그 장면에 어리는 수수한 평화와 만족감은 컴퓨터를 이용한 글쓰기에서는 좀처럼 맛보기 힘든 것이어서 작은 불편쯤은 기꺼이 받아들이게 됩니다.

저는 연필이 겸손해서 좋습니다. 연필은 강력하게 자신의 존재를 주장하는 필기구가 아닙니다. 잘못 쓰면 언제든지 지울 수 있죠. 언제든 부재할 수 있기에 쓰는 부담이 적습니다. 그뿐인가요. 종이와 연필심이 만들어내는 '사각사각' 소리는 영혼의 귀를 든든하게 채워줍니다. 많은 이들이 이 소리에 끌려 연필애호가가 되곤 하지요.

연필의 생애는 철학적입니다. 세상 모든 일에는 반드시 끝이 있다는 것을 알려주니까요. 아무리 정든 연필이라도 열심히 쓰다 보면 언젠가는 헤어져야 합니다. 열렬히 사랑할수록 더 빨리 헤어지게 되는 열정어린 사랑과 닮았다고 할까요.

연필은 구입하는 순간부터 깎고, 심을 다듬고, 종이에 쓰고, 밤에 함께 잠들기까지 평화 그 자체입니다. 길면 긴대로 든든하고, 키가 줄어들면 성취감을 안겨주고, 몽당연필이 되면 애틋하면서 귀엽기까지 하죠. 전자제품은 최근에 출시된 것일수록 비싸고 뛰어난 기능을 갖췄을 가능성이 큽니다. 연필은 반대입니다. 오래된 것일수록 비싸고 나무질도 좋고, 필기감이 우수한 경우가 많습니다. 오래된 것을 더 소중하게 여기게 만드니 그야말로 친환경적이죠.

지금까지 얼마나 많은 이들의 연필 끝에서 위대한 유산의 씨앗이 될 낙서와 실마리가 탄생했는지 헤아릴 수 없습니다. 연필의 맹활약으로 숱한 명작들의 데생과 스케치, 초고가 탄생했고, 설계도와 도면, 오선지 위의 음표가 풀려나왔지요. 연필은 말 그대로 문명의 밑그림을 그린 공로자였습니다. 그래서 오늘날 연필의 희미해진 존재감이 더 안타깝습니다.

수학문제를 풀고, 외국어를 익히는 고독한 공부 길에 함께 해주던 연필. 활자화된 다른 사람의 주장 옆에 겸손한 방식으로 내 의견을 덧붙이는 책읽기의 동반자. 낙서의 자유를 누릴 때 함께 하는 친구. 연필의 쓰임과 덕목은 끝이 없습니다.

연필 한 자루를 손에 쥐는 순간 저는 자유를 얻습니다. 무엇이든 쓸 수 있고, 얼마든지 실패해도 좋은 자유, 손에 착지한 몽상을 얽매임 없이 써나갈 수 있는 자유를 말이지요. 이때 연필은 종이와 마찰을 일으켜 영혼에 불을 지피는 도구가 됩니다. 손아귀의 힘과 근육을 사용해 연필로 쓰면서 세상을 온몸으로 더듬어 파악해가는 것. 거기에는 어떤 과장도 허욕도 없습니다. 뜻밖의 운을 바라지도 않습니다. 오직 내가 쓸 수 있는 만큼만 종이에 드러나지요. 종이와 연필만 있으면 가능한 모험의 세계. 연필의 담백한 세계를 저는 오래도록 사랑해왔습니다.

지난 시간 동안 앞이 캄캄하다, 라고 밖에 할 수 없는 순간마다 연필을 쥐며 마음을 다잡곤 했습니다. 연필 한 자루는 소박하고 보잘것없을지 몰라도 그를 통해 얻었던 위안과 망각의 은혜로움, 소박한 기쁨은 위대했습니다. '이게 아닌데' 싶을 때마다 연필을 쥐고 떠오르는 대로 써나가는 것이 제게는 치유이고 회복이었습니다. 심을 고루 닳게 하기 위해 연필을 이리저리 돌려가며 종이를 채워나가던 시간들. 그 완벽한 충족감, 소박한 행복, 무념무상의 순간들. 그 시간들에 저는 '연필 테라피'라는 이름을 붙여줬습니다.

아무리 가진 것 없고 미래가 불투명한 시절에도 연필 한 자루는 가질 수 있었습니다. 요즘은 500원짜리 동전 하나로 과자 한 봉지 사는 것도 어렵지요. 그러나 연필 한 자루는 살 수 있습니다. 연필 한 자루가 남아 있는 한 아직 가난한 것은 아니라고 생각했습니다. '가난'의 진정한 의미를 연필 한 자루의 기준으로 잡으면 제가 누리고 있는 것에 더 깊이 감사하게 됩니다.

이 책에는 연필과 아날로그에 얽힌 이야기와 연필의 매력에 홀렸던 순간들이 담겨 있습니다. 가족이나 친구도 함께 해주지 못하는 절대 고독의 순간에 연필과 함께 넘었던 삶의 이야기를 언젠가 한 번은 꼭 쓰고 싶었습니다.

흑연은 다이아몬드와 성분은 같지만 결정구조가 달라 가치가 달라진다고 합니다. 그러나 다이아몬드가 할 수 없는 것을 흑연은 해냅니다. 연필로 쓰면서 우리는 내면의 고유하고 빛나는 부분을 발견하게 되죠. 연필 테라피에는 분명 그런 힘이 있습니다.

우주비행을 떠나는 우주인들에게 가장 유용한 필기구는 연필입니다. 잉크는 중력이 있어야 흘러나오니까요. 살아 있는 동안 제가 우주여행을 하게 될 날이 과연 올지 모르겠습니다. 하지만 연필을 쥘 때마다 저를 붙들어 매는 중력을 벗어나 가장 먼 곳까지 여행할 수 있었다는 것만은 확실히 말할 수 있습니다. 그 순간에 바라본 지구와 지상의 삶은 기억과 욕망, 감정의 격랑이 합쳐져 하나의 노래가 되는 것 같았습니다. 이 책은 그 여행의 가장 빛나는 순간을 기록한 여행기이기도 합니다.

이 책이 나오기까지 많은 분들께 도움을 받았습니다. 헨리 페트로스키 박사가 쓴 《연필》은 연필을 사랑하는 사람들에게는 경전과 같은 책입니다. 공학과 디자인의 역사를 추적해 연필이라는 작은 사물 하나에도 인간의 집념과 노력이 축적돼 있음을 알려준 역작이죠. 연필의 모든 것을 탐구한 이 책에서 받은 영감은 특별한 것이었습니다.

연필을 선물해주고 기꺼이 추억을 나눠준 친구, 지인, 독자 분들 덕분에 정을 나누는 기쁨을 맛볼 수 있었습니다. 구하기 힘든 전설의 명연필들을 써볼 수 있도록 도와준 안양의 송 선생님께도 고마운 마음을 전합니다.

아날로그적인 삶이란 지금까지 나를 있게 한 소중한 것들을 잊지 않는 것입니다. 날마다 새롭게 등장하는 기술과 문명에 적응하고 어제의 나와 경쟁하느라 지쳐갈 때, 우리가 뒤에 남기고 온 존재들이 말합니다. 우리는 혼자서 순식간에 완성된 것이 아니라고. 지난날의 애틋함이 얼마든지 오늘의 산뜻함으로 거듭날 수 있다고.

이 책이 연필과 아날로그의 사랑스러운 매력에 눈 뜨게 하고, 마음의 여유를 찾는 데 마중물이 된다면, 나아가 사는 일이 무겁고 힘들게만 느껴질 때 자존을 회복하고, 한없는 위로를 그러잡을 수 있게 한다면 그보다 더 큰 기쁨은 없을 것입니다.

그리고 그대…….

언젠가는 내 책상 위의 연필 한 자루를 그대에게도 전할 날이 오기를.

2014년 가을

정희재

제
1
장

가야 할 길이
멀어서
연필을 마련하다

연 필 한 자 루 에
경 전 한 권

————————,

　　내가 여권이라는 것을 만들어 처음 방문한 국가
는 독일이었다. 딱히 어디를 가겠다는 작정 없이 다니던 회사를 그만
두자마자 만들어둔 여권이었다. 빳빳한 녹색 표지의 여권을 받자마자
뒷장에 사인을 한 뒤 서랍 속에 넣어두었다.

　　인생의 항로는 신비롭기 짝이 없다. 여권을 만든 뒤 얼마 지나지
않아 쓸 일이 생겼으니 말이다. 전 직장에서 알게 된 선생님이 독일에
취재를 가신다며 연락을 해왔다. 독일과 그 주변 국가의 선진적인 여
성주의 문화를 심층 취재할 예정이라고 했다. 여성 친화 기업 박람회
며 여성 전문서점, 잡지사, 문화센터를 방문하고, 그 분야의 유명 인사

를 만나는 등 촘촘한 일정이었다. 독일에서 유학해 독일어가 유창한 선생님이 취재를 하면 나는 사진을 찍거나 동영상을 촬영하고 자료를 챙기는 등 조수 역할을 하는 것이었다. 그렇게 해서 태어나서 처음으로 국제선 비행기를 타고 유럽으로 떠났다.

10월 하순의 독일과 오스트리아는 쌀쌀하고 음산했다. 붉고 노랗게 물든 낙엽들이 가을을 재촉하는 비 때문에 바닥에 흥건하게 깔렸다. 철학자가 많이 나올 수밖에 없는 기후라는 걸 온몸으로 납득하게 하는 날씨였다. 박람회가 어느 도시에서 열렸는지 지금은 기억이 가물가물하다. 아마도 뉘렌베르크가 아니었나 싶다. 뉘렌베르크는 도시 전체가 동화에서 튀어나온 것처럼 아름다워 어느 곳을 찍어도 엽서나 달력 사진처럼 나왔다. 우리는 박람회를 찾았다. 각 부스에 들러 관련 자료를 모으고 짧은 인터뷰를 했다. 기업들마다 소개 책자와 함께 사탕이나 연필, 볼펜 같은 간단한 기념품을 앞에 내놓고 있었다.

그때 집어온 것이 바로 연필 두 자루였다. 아무 장식 없는 원목에 독일어로 '독일의 미래는 여성과 어린이에게 달려 있다'는 문구가 인쇄돼 있었다. 홍보용 연필인데도 외부 마무리가 매끈했고, 나무의 질감을 그대로 느끼게 만들어 볼수록 정감이 들었다. 무엇보다 부드럽게 미끄러지는 필기감이 마음에 들었다. 그러나 당시에는 샤프나 볼펜 같은 기념품도 많이 있었고 챙겨야 할 자료도 방대해서 이 연필들은 그중 하나일 뿐이었다.

　귀국해서 적지 않은 시간이 지나는 동안 독일에서 가져온 볼펜들은 차츰 잉크가 굳기 시작했다. 독일 여행이 생각날 때마다 가끔 써보는 정도였기 때문이다. 워낙 필기구가 많고 딱히 그 볼펜만 쓰는 것이 아니었기에 방치되고 말았다. 그렇게 해서 버린 볼펜이 여러 자루였다. 지금까지 남은 것은 샤프 두 자루와 원목 연필 두 자루뿐이다.

　그 연필 두 자루는 십여 년 동안 필기구꽂이에 들어 있었다. 간간이 꺼내 쓰기도 했지만 잊고 지낸 세월이 더 많았다. 그 동안 이런저런 연필이 워낙 많이 생긴 탓이기도 했다. 어느 날, 갑자기 이 연필이 새롭게 눈에 들어왔다. 연필을 집어 들고 글을 써봤다. 그때쯤에는 다양한 연필을 써본 터라 필기감의 미세한 차이를 곧바로 느낄 수 있었다.

　한마디로 놀라웠다. 비단처럼 부드러운 필기감에 놀라고, 적당한 진하기를 지녔는데도 흑연이 번지지 않는 것도 경이로웠고, 연필의 가벼운 무게에 또 한 번 놀랐다. 편심도 없어서 정확하게 심이 원형 나무의 중앙에 자리 잡고 있었다.

　이 연필이 생산되던 즈음은 지금처럼 독일 연필회사들이 일부 모델을 인건비가 싼 해외에서 주문 제작하던 시기가 아니었다. 그러니 비록 홍보용이라고 해도 순수 독일산 연필일 터였다. 개인적인 판단으로는 요즘 독일 현지에서 생산되는 파버 카스텔이나 스테들러 연필보다 나은 것 같았다.

나는 그제야 연필의 가장 큰 미덕을 실감하고 감동했다. 연필은 10년, 20년…… 50년, 그 이상이 지나도 쓸 수 있다. 지우개가 달린 연필의 경우, 패럴에 감싸인 지우개는 세월이 지나면 단단히 굳어버려 제 기능을 못할 수도 있다. 그러나 연필은 언제라도 깎아서 쓸 수 있다. 그게 연필의 본질이며, 진실함인 것이다.

그동안 내게 맞는 연필을 찾는다는 명분 아래 숱한 연필을 써봤다. 호기심이 반이었고, 수집해서 쓰는 재미가 반이었다. 그런데 내 마음에 쏙 드는 연필을 십여 년 넘게 그저 꽂아둔 채 지내온 것이다. 어디 연필뿐일까. 이것은 만족스런 삶과 행복에 대한 은유이기도 했다.

불교 경전 《법화경》에는 '보물을 간직하고도 알지 못하는 거지'에 관한 이야기가 나온다. 어느 거지가 구걸을 나갔다가 오랜만에 부자 친구를 만났다. 부자 친구는 좋은 음식을 가득 차려 술을 권하며 거지 친구를 후하게 대접했다. 모처럼 마음 편하게 배부르게 먹고 마신 거지는 마침내 취해서 잠이 들었다. 마침 그때 부자 친구가 급하게 나가봐야 할 일이 생겼다. 그는 거지 친구를 깨웠다. 그러나 거지 친구는 너무 깊이 잠들어 일어나지 못했다. 부자 친구는 거지 친구를 안쓰럽게 여긴 나머지 평생 먹고 살고도 남을 보석을 주기로 했다. 혹시 술에

취해 잃어버릴까 싶어 윗옷 안섶에다 보석을 넣고 바느질로 꿰매주고 떠났다.

술에서 깬 뒤 부자 친구 집을 나온 거지는 그러나 자신에게 어마어마하게 비싼 보석이 있음을 알아차리지 못했다. 아무것도 모른 채 그는 그 뒤로도 계속 거지로 살아갔다. 세월이 흐른 뒤 길에서 우연히 부자 친구와 다시 마주쳤다. 친구가 여전히 거지 모습인 것을 본 부자 친구는 깜짝 놀랐다. '내가 준 보석이면 충분히 자리를 잡았을 텐데.' 자초지종을 알고 보니 거지 친구는 자신의 옷 안섶에 보석이 들어 있다는 사실을 까마득히 모르고 있었다.

이 이야기는 우리 모두 태어날 때부터 보석처럼 아름답고 귀한 깨달음의 씨앗을 지니고 있지만 오직 자신만 모르고 살아간다는 것을 의미할 때 자주 인용되곤 한다. 인간은 모든 괴로움에서 벗어나 자유롭게 살 수 있는 보석을 본래 가지고 있다. 그러나 정작 본인은 모르거나 믿으려 하지 않는다. 거기에서 모든 고통이 빚어진다는 것이다.

독일에서 가져온 홍보용 연필을 보면서 내가 바로 《법화경》에 나오는 그 거지와 같았음을 깨달았다. 내게 꼭 맞는 연필을 오랜 동안 가까이 두고도 숱한 연필들을 갈망해왔던 것이다. 방황이 있었기에 귀한 것을 알아보는 감식안이 생긴다는 것을 모르지는 않는다. 경험은 때론 비싼 수업료를 요구하지만 가장 확실한 스승이기도 하다. 그런

이미 지니고 있는데도

아직 발견하지 못한

보물이 얼마나 많을까.

뜻에서 호기심이나 방황, 그리고 탐색이 전혀 무의미하다고 할 수는 없다. 다만 다람쥐 쳇바퀴 돌 듯 무의미하게 반복되는 방황은 그저 중독이나 회피의 다른 이름일 수 있음을 이제는 안다.

《법화경》의 거지가 보석을 미처 발견하지 못했던 것은 그것을 누릴 준비가 아직 덜 되어 있어서가 아니었을까? 거지는 자신의 몸과 그 몸을 둘러싼 환경에 무신경했다. 한 번이라도 정성스레 옷을 빨았다면 손끝에 이물이 분명 느껴졌을 것이다. 부자 친구와 헤어진 뒤 단 한 번도 자신의 옷을 점검할 기회를 갖지 못할 만큼 타성에 젖어 살았다는 증거가 아니고 뭘까. 오직 하루하루 눈앞에 닥친 끼니를 해결하고 잠자리를 찾으며 생존하기에 급급했던 나날이 귀한 것을 '쥐도 못 가지는' 아이러니한 상황으로 이어진 것이다.

내가 필기구꽂이를 좀 더 세심하게 자주 살폈더라면 원목 연필의 가치를 좀 더 일찍 알아차렸을 것이다. 이처럼 이미 지니고 있는데도 아직 발견하지 못한 보물이 얼마나 많을까. 둔했기에, 무심히 보아 넘겼기에 알아차리지 못한 내 안의 보석을 생각한다. 쉽게 힘들다고, 권태롭다고, 불운하다고 말하기 전에 우선 내가 무엇을 지녔는지부터 돌아볼 일이다. 마음의 눈과 귀를 열면 손때 묻은 연필 한 자루 속에도 경전이 들어앉아 있다.

시간을 건너는 소녀

———————,

언젠가 한 모임의 뒤풀이 자리에서 "지금 열 살로 돌아갈 수 있다면 가겠는가?"라는 얘기가 나온 적이 있었다. 나를 포함해 그때 대다수의 선택은 "싫다"였다. 처음부터 다시 그 과정을 다 밟을 것을 생각하니 지루하고 엄두가 안 난다는 것이 그 이유였다. 조심스럽게 조건을 붙이며 "돌아가겠다"고 한 이들도 몇 명 있었다. 그 조건이란 다음과 같았다.

"지금 가지고 있는 기억과 지혜를 모두 가져갈 수 있다면…….."

그러자 결연한 어조로 "지금의 내가 좋다"고 했던 이들 가운데 몇몇이 의견을 바꿨다. 그런 조건이 보장된다면 기꺼이 다시 열 살이 되겠다는 것이다. 대체로 경험과 지혜를 쌓기까지 숱한 장애물과 곤경을 넘으며 고생을 많이 한 이들이 그랬다. 지금까지 배운 것들을 가지고 다시 한번 같은 상황을 맞는다면 다른 인생이 될까. 과연 더 나은 선택을 할 수 있을까.

어떤 사람들은 처음부터 인생을 다시 시작하고 싶어 한다. 또 어떤 이들은 한 해 한 해 나이 드는 것이 아쉽기는 하지만 현재 자신이 도달한 지점에 만족한다. 어차피 "만약에……"라는 가정을 깔고 던진 질문이었으므로 정답은 없었다. 그럼에도 이 질문의 여진에 계속 마음이 떨렸다. 시간여행이란 주제는 언제나 우리를 사로잡는 불가사의한 힘이 있다.

'만약 돌아가고 싶은 나이를 선택할 수 있다면…….'

나는 스스로에게 물었다. 빛보다 빠른 속도로 의식 속에서 시간이 휙, 휙 지나가기 시작했다.

한 풍경이 떠올랐다. 옹색한 방의 아랫목에 누워 있는 엄마와 그 모습을 마치 가구처럼 익숙하게 바라보고 있는 어린 나였다. 엄마는 억울한 소송에 휘말려 재산을 모두 잃은 것에 충격을 받아 병을 얻고 말았다. 뇌졸중이었다. 엄마 나이 채 쉰도 되기 전이었다. 씩씩하고 다정하던 엄마는 몸의 반쪽이 마비되었고, 혀도 굳어버렸다. 한마디 말도 하지 못할 뿐만 아니라 하루의 대부분을 누워서 지냈다. 내가 아직 학교에 들어가기 전의 일이었다.

그 혼란스럽던 시기에 가족 중 나를 붙잡고 한글을 가르칠 만한 마음의 여유가 있는 이가 있을 리 없었다. 가족 모두가 갑작스런 추락에 놀라서 정신이 없었다. 나의 첫 선생님은 어느 날 불쑥 내 안에서 튀어나왔다. 내가 처음으로 글을 깨치게 되던 순간을 또렷하게 기억한다. 어느 날 나는 밑도 끝도 없이 불쑥 손위 언니에게 연필을 건네며 말했다.

"내 이름 어떻게 써?"

아직 학교에 가려면 두어 해를 더 지나야 했던 터라 언니는 몹시 뜻밖이라는 얼굴로 연필을 건네받았다. 그리고는 글자를 쓸 만한 종이를 찾아 주위를 두리번거렸다. 그때 언니는 이미 학교를 졸업한 뒤였고, 방에는 흔한 종이 한 장 보이지 않았다. 누가 어떤 경로로 전해준 것인지 모르지만 마침 파란색 표지의 작은 신약 성경책 한 권이 집에 있었다. 물론 나는 성경이 어떤 종류의 책인지 전혀 알지 못했다. 언니는 성경책의 아무 페이지나 펴더니 위쪽 여백에 내 이름을 써줬다.

"이게 네 이름이야."

연필을 돌려주면서 언니는 기특하다는 듯 옅은 웃음이 어린 입매로 말했다. 참으로 오랜만에 마음 놓이는 표정을 본 나는 찰나의 순간

● 방안에 연필이 종이를 스치는 소리가

음악처럼 흘러넘칠 것이다.

삭삭, 서걱서걱, 슥슥…….

에 알았다. 윗사람이 귀찮아하지 않고 오히려 반기며 기뻐하는 질문도 있다는 것을.

나는 연필로 성경의 윗부분 여백에 내 이름을 베껴 썼다. 그렇게 해서 최초로 세 개의 글자를 배우게 됐다. 그 뒤 눈에 보이는 모든 사물마다 "저건 어떻게 써?"라고 물어 글자를 익혀 나갔다. 체계적으로 자음과 모음을 배우는 식이 아니었다. 글자를 익히면 방안에 굴러다니는 성경책을 펴고 아는 글자가 나올 때까지 찾아봤다. 거리에 걸린 간판을 소리 내어 읽었고, 아는 글자를 만나면 의기양양해서 폴짝폴짝 뛰며 소리쳤다. 물론 받침 없는 글자들이 압도적으로 많았다.

그렇게 내가 세상을 향해 왕성한 호기심을 보일 무렵 엄마는 말을 할 수 없게 된 것이다. 막내가 스스로 글자를 궁금해하는 역사적인 순간의 감격을 엄마는 함께 누릴 수 없었다. 엄마 얼굴에는 표정이 없었다. 감정의 표현도 좀처럼 없었다. 늘 시선을 천정에 고정시킨 채 누워 있을 뿐이었다. 씻기거나 옷을 갈아입힐 때 힘들어서 끙끙거리는 신음소리와 찌푸린 반쪽 얼굴을 통해 엄마도 살아있는 사람이라는 걸 겨우 알 수 있었다.

집이야 망했건 말건 나는 날마다 엄청난 활기를 뿜어내며 산으로 들로 쏘다니며 놀았다. 남부럽지 않게 살았던 시절의 증거물인 오밀조밀한 소꿉장난 세트로 그날그날의 기분에 따라 친구들과 살림을 차렸다가 저물녘에 헤어지곤 했다. 하루는 소를 약 올리다 소뿔에 받쳐 허공으로 붕 날아올랐다가 흙바닥에 처박힌 적도 있었다. 공중에 떠 있던 찰나의 순간, 얼마나 놀라고 혼이 빠졌는지 지금도 잊히지 않는다. 스스로 조금 모자란 것처럼 느껴질 때면 소가 헹가래 쳐준 그날 내 머리에서 뭔가(예컨대 나사 따위?)가 살짝 빠져나간 건 아닐까 의심하곤 한다.

어쨌거나 땅꼬마인 나의 하루하루는 신나고 흥미진진한 일들의 향연이었다. 그러다 해가 저물어 집에 돌아오면 땅꼬마도 억눌린 듯 가라앉은 집안 분위기에 압도당했다. 그건 참 재미없는 일이었다. 지금 생각하면 집안에 우환이 거듭 닥쳐 질식할 것 같은 분위기에서 어떻게 내 안에서 첫 지知의 씨앗이 싹틀 수 있었는지 신기하기만 하다. 아프지만 않았다면 막내가 처음으로 글자를 깨치는 순간을 누구보다 기뻐하고 대견해했을 엄마를 생각하면 한 개인으로서든 어린 막내를 둔 여인의 입장으로서든 가엾다. 그래서 가슴이 아린다. 엄마는 내가 학교에 들어간 뒤로도 계속 병석에 누워 계시다가 아홉 살이 되던 해 여름에 돌아가셨다. 나는 학교에서 정식으로 한글을 배웠고 곧 책도 읽을 수 있게 됐다.

아홉 살 나이로 다시 돌아갈 수만 있다면 엄마 곁에서 꼭 해보고 싶은 것이 있다. 서툴지만 연필을 깎아 줄 간격이 넓은 초등학생용 공책에 글을 쓰고 싶다. 한 겹 한 겹 연필의 나뭇결이 벗겨질 때마다 옅은 나무 향이 주위를 감쌀 것이다. 엄마의 후각이 온전하지 못하다면 연필 깎는 소리라도 들을 수 있을 것이다. 스삭, 스삭…… 심을 다듬는 소리도.

위안이 필요한 사람에게는 연필 깎는 소리나 도마질 소리, 또는 바느질이나 뜨개질 같은 일상적인 모습이 얼마나 큰 도움이 되는지 모른다. 혼자서 아파 누워 있을 때 다정한 친구가 찾아와 옆에서 책을 읽거나 부엌에서 먹일 만한 걸 만들기 위해 또각또각 도마질을 할 때, 그 속에서 일상의 다정한 속삭임을 발견하고 안도하곤 한다. 그것은 삶 자체에서 우러나오는 응원가였다. 어서 병을 떨치고 일어나 힘차게 살아라, 하는 생의 타악기 소리였다.

지금의 기억과 지혜를 가지고 아홉 살을 다시 한번 살 수 있다면 나는 엄마 옆에서 필통을 펼쳐 놓고 말할 것이다.

"엄마, 연필을 깎을 테니까 소리를 한번 들어봐."

엄마의 얼굴에 아무런 표정의 변화가 없을 수도 있다. 그러나 나는 한 번 어른이 돼봤던 터라 여느 아홉 살 소녀와는 다르다. 인내심이 있다. 그래서 아랑곳없이 뭉툭하게 닳은 연필들을 꺼내 한 자루씩 깎을 수 있다. 최대한 마음을 기울여 천천히……. 한 자루를 다 깎으면 엄마 코 밑에 연필을 가까이 가져간 뒤 물어볼 것이다.

"나무 향 한번 맡아봐. 냄새를 맡을 수 없으면 엄마가 기억하는 연필 향을 떠올려 봐."

일부러 충분한 시간을 들여 깎았지만 어느새 더 이상 깎을 연필이 없는 순간이 올 것이다. 그러면 이번에는 이렇게 속삭일 것이다.

"엄마. 이제 숙제를 할게. 연필이 종이를 긁으며 내는 소리를 들어봐. 안 들리면 엄마가 기억하는 연필로 글 쓰는 소리를 떠올려 봐."

나는 공책에 책받침을 대고 숙제를 할 것이다. 그날 배운 교과서 두 바닥을 다섯 번 쓰기. 역시 최대한 천천히 한 획 한 획 정성껏 글자를 채워나갈 것이다. 사방은 조용하고, 방에는 누워 있는 엄마와 아홉 살 먹은 나밖에 없다. 그리고 시간은 봄날 마당에 쏟아지는 햇빛처럼 나른하고 천진하게 흘러간다. 나는 연필로 쓰며 그 시간을 채울 것이다. 한 단어 쓰고 엄마 얼굴 한 번 살피고, 줄 바꿀 때마다 엄마 손을 한 번씩 잡아주면서. 방안에 연필이 종이를 스치는 소리가 음악처럼 흘러넘칠 것이다. 삭삭, 서걱서걱, 슥슥……. 엄마에게 종이와 연필의 화음이 품고 있는 평화와 안정을 느끼게 해주고 싶다.

미래를 아는 아홉 살 소녀는 엄마 귀에 대고 말할 것이다.

"엄마. 너무 아파하지 마. 난 나중에 책도 많이 읽을 거고, 여행도 많이 다닐 거야. 그리고 글을 쓸 거야. 여행지에 갈 때마다 그곳 사람들이 가장 성스럽게 여기는 곳을 찾아가 엄마를 위해 기도할게."

엄마는 여러 해 전에 말을 잃어버렸지만, 어느 한 순간 기적적으로 언어가 아닌 다른 수단을 통해 마음을 전해올지도 모른다.

"내 새끼. 널 더 많이 안아주지 못하고, 얘기를 나누지 못해 미안해. 네 삶의 많은 시간을 엄마 없는 아이로 살게 해서 미안해. 나도 하나 약속하마. 내가 세상을 떠나더라도 날 만나서 울지 않도록 네 꿈에는 나타나지 않을게. 꿈에 한 번도 엄마가 안 나온다고 행여 서운해하지 마. 그건 엄마가 주는 선물이란다."

나는 엄마가 약속을 지켰음을 안다. 언니들은 엄마 꿈을 자주 꿨는데 깨고 나면 과거의 힘들었던 시절로 곧장 소환되어 그때의 아픔을 다시 앓곤 했다. 그러나 나는 엄마 꿈을 꿔본 적이 단 한 번도 없다. 어린 시절의 기억이 희미해졌거나 엄마를 완전히 잊어서는 아닌 것 같다. 어떤 장면들은 마치 어제 겪은 듯 너무도 생생하니까. 엄마 때문에 흘리지 않아도 됐던 아침녘의 눈물을 다 모으면 얼마나 될까.

요즘은 그때 엄마 곁에서 깎지 못한 연필 몫까지 부지런히 깎아대고 있다. 소멸의 운명을 타고났다는 면에서 연필과 우리네 삶은 닮았다. 연필은 글자를 쓸 수 있는 자산과 기회가 유한하다는 것을 바로 확인하게 하는 필기구이다. 한 번 깎을 때마다 조금씩 키가 작아진다. 가장 손에 잘 맞는 길이가 되어 짧은 황금기를 누리다 몽당연필이 되고, 끝내는 연필로서의 생을 끝낸다. 마치 사람의 긴 인생을 축약해서 보는 것 같다.

　아픈 이 옆에서 연필을 깎는다는 건 약동하는 생명의 힘찬 고동을 들려주는 행위인 동시에 우리의 유한함을 겸손하게 돌아보는 일이기도 하다. 깎고 쓰는 이나 보고 듣는 이 양쪽에 자연의 순리를 일깨워준다. 어려서는 아무것도 몰랐기에 이 과정을 제대로 누리지 못했다. 앞날에 기회가 닿는다면 몸과 마음이 아픈 이 곁에서 차분히 연필을 깎고 싶다. 내게는 그게 힘을 북돋우는 노래 부르기이며, 위로의 춤사위이다. 깎은 연필로 뭔가를 쓰고 싶다. 자주 아픈 이의 눈을 바라보고 손을 잡으며…….

연 필 로 기 억 하 고
회 복 하 기

─────── ,

수수께끼 : [명사] 사물이나 현상이 복잡하고 이상하여 그 내막을 알
수 없는 일.

영원히 답을 알 수 없어 두려움을 자아내는 것이 있다. 원인 제공
자마저 기억을 상실했기에 어디에서도 진실을 찾을 수 없게 된 일. 언
제나 그렇듯 알지 못한다는 것은 공포의 가장 근원적인 조건이다.

오래전 어느 날, A와 나는 무슨 일인가로 마음이 상해 심하게 다
퉜다. 분명 시작은 사소한 일이었을 것이다. 우리는 둘 다 젊었고, 작
은 불씨에도 언제든 격앙될 수 있는 습자지 같은 감정의 피부를 지니

고 있었다. 얼굴이 벌겋게 달아오르고, 머릿속은 밤송이가 돌아다니는 것처럼 작은 자극에도 여기저기 찔렸다. 우리는 서로에게 가시 돋친 말의 포탄을 쏘아댔다.

A는 화가 머리끝까지 오르면 오히려 어눌해지는 타입이었다. 그리고 분노의 질주를 미처 쫓아가지 못하는 자신의 혀에 분통을 터뜨리곤 했다. 어느 순간, A가 눈을 치뜨며 한마디 던졌다.

"내가 이런 말까진 안 하려고 했는데……."

A는 뒷말을 완성하지 않고 잠시 사이를 두었다. 그때 내 반응이 어땠는지는 기억나지 않는다. "무슨 말? 어디 해봐!"라고 했거나, 그 말이 내뿜는 예리한 긴장감에 입이 얼어붙었거나, 둘 중 하나였을 것이다.

A는 끝내 입을 다물었다. '이런 말까지는 안 하려고 했'던 초심대로 정말 말을 안 해버린 것이다. 그처럼 화가 난 상태에서 초인적인 인내심을 발휘해 꿀꺽 삼킨 말은 대체 뭐란 말인가. 궁금해 미칠 지경이었다. 미처 발화되지 못한 말의 정체를 알고 싶은 동시에 한편으론 영원히 알고 싶지 않았다. 두 욕구 사이에서 나는 망설였다. 주저하는 시간은 짧았다. 말다툼이 그렇듯 금방 다음 디딤돌로 옮겨가 계속 격류에 휩싸였기 때문이다. 다음 상황 역시 긴박했기에 지나간 말에 집중할 수 없었다. 한 차례 열기가 지나간 뒤 천둥 같은 침묵이 주변을 감

쌌다.

얼마 지나지 않아 그날의 일은 희미한 격전의 생채기만 남기고 흐지부지되었다. 딱 한 가지, A가 완성하지 못한 뒷말에 대한 궁금증만 빼고. 다시 평화가 찾아왔을 때 A에게 그때 하려다 멈춘 말이 무엇이었는지 물었다.

"글쎄? 기억 안 나는데……."

긴장한 채 A의 답을 기다리던 나는 맥이 풀렸다. 당황해서 억지로 얼버무리는 분위기가 아니었다. A는 진정으로 그런 말을 했는지조차 기억하지 못했다. A 자신도 기억하지 못하는 말이자 격한 분위기에 휩쓸려 무심코 터져 나온 말. 제 정신이 들면 절대 반복 재생할 수 없는 방언. 다만, 그 말이 신의 은총과 축복 속에서 나온 음절은 아니었을 거라는 사실만은 분명했다. 그리하여 수수께끼는 영원히 봉인되었다.

이 말을 하면 네게 잊을 수 없는 타격이 되리라는 걸 알지만 참겠다. A의 태도에서 묻어나던 이런 자제의 느낌 때문에 나는 뒷날에도 그 일을 잊지 못했다.

"이런 말까진 안 하려고 했는데……." 그 뒤에 생략된 말은 과연 무엇이었을까. 아마도 A의 의식 깊은 곳에 저장돼 있던 나에 관한 가장 냉정하고 부정적인 시각이었을 것이다. 시간이 꽤 지난 지금에 와서는 겨우 이 정도만 추리할 수 있을 뿐이다.

끝끝내 뒷말을 완성하지 않음으로써 A는 오래오래 나를 벌주었다. 오히려 입 밖으로 나왔다면 그 자리에서 분노하고, 그 말에 담긴 비열함, 혹은 폭력성에 치를 떨었을망정 망각의 축복은 누릴 수 있었을 것이다. 세상에는 영원히 완성될 수 없기에 오히려 힘을 지니는 것들이 있다.

마음이 개운하지 않았던 것은 상상 때문이었다. 말줄임표 뒤에는 수많은 말들이 올 수 있었다. A가 그날 마지막 인내심을 짜내 자신을 억제한 것은 나를 보호하고 싶어서였을까. 아니면 자신의 품위를 지키고 싶어서였을까. 어떤 이유에서건 말해지지 않았기에 수년 전에 완성되지 못한 문장은 유령처럼 가끔 기억 저편에서 존재감을 드러내곤 한다. 일촉즉발의 순간에 A가 설마 비트겐슈타인의 '말해질 수 없는 것에 대해선 침묵해야 한다'는 논제를 떠올렸을 리는 없다. A가 입을 다문 건 배려나 자의식, 둘 가운데 하나 때문일 것이다.

비록 본인은 잊었다고 하나, 결국 말하지 않은 그 사실은 아직도 A의 가슴 속에 있을지도 모른다. 강렬한 투시의 햇살이 그 말을 비추는 순간이 오면 역시 그때 침묵하기를 잘했다고 가슴을 쓸어내릴지도……. 타인의 의식 깊숙한 곳에 은폐된 모호한 진실을 상상하게 만듦으로써 A는 영원히 나를 책망하고 벌주는 데 성공했다.

타인의 한마디에 나라는 존재가 규정되는 것은 물론 아니다. 그

3 "이런 말까진 안 하려고 했는데……."

그 뒤에 생략된 말은

과연 무엇이었을까.

정도로 자존감이 바닥을 치진 않았다. 세상이 나를 어떻게 보는가에 예민하게 촉수를 세우던 시기도 지나갔다. 못 다 한 말이라고 해서 반드시 진실을 담고 있다고 할 수도 없다. 그럼에도 내가 그 수수께끼를 가끔 돌아보는 것은 당시 A와 내가 가까운 사이였기 때문이다. 나를 잘 아는 사람이 화가 머리끝까지 치솟는 순간에 하려다 삼킨 말. 그보다 찜찜한 것은 없었다.

"화가 나면 무슨 말인들 못해."

이런 말로 무마하려 해봤자 소용없다. 무슨 말인들 다 할 수 있는 자리에서조차 왜 숨긴단 말인가.

나는 그때보다 나은 인간이 되었을까. A는 그때 드러내지 않았던 진실을 여전히 내게서 발견하며 조용히 고개를 가로젓기도 할까. 사실이 무엇이든 그건 A가 겪어야 할 몫이다. 그럼에도 나는 때때로 말해지지 않았던 언어에 대한 상상을 통해 나라는 인간에게 다가가는 통로를 더듬어보곤 한다.

세상에는 태어나지 않은 말들이 얼마나 많은가. 가슴에서 짓눌러 가라앉히고, 성대를 통과하기 직전 사산시켰을 수많은 언어들을 상상하면 전율이 인다. 애정과 고통스러운 그리움, 슬픔이 응축된 말들. 그러나 주인에게 미처 닿지 못한 말들. 어떤 말들은 무사히 태어나 주인을 만나야 하고, 어떤 말들은 삼켜진 채 영원한 어둠 속에서 잠드는 것이 낫다. 수년 전 내가 듣지 못한 그 말은 과연 어디에 속하는 것일까.

그로부터 수년이 지난 봄날, A는 파버 카스텔9000 2B 한 다스를 선물해주었다. 한두 자루 차원이 아니라 같은 연필을 한 다스 선물받기는 처음이었다. 설레는 마음으로 초록색 지상자에서 한 자루를 꺼냈다. 독일 연필은 짧고 단정하게 미리 깎여 나온다. 짙은 초록색 몸통에 말을 탄 두 기사가 맞대결하는 파버 카스텔사의 로고가 금빛으로 박혀 있었다.

언제 봐도 아름다운 연필이었다. 이걸로 무엇을 쓸까, 고민하지 않았다. 나도 모르게 해묵은 수수께끼에 관한 이야기가 연필 끝에서 풀려나왔다. 바로 이 글이다. 그제야 막강한 위력을 발휘해오던 A의 말줄임표가 평범한 문장부호의 자리로 돌아오기 시작했다. A가 건네준 연필로 그때의 일을 쓰면서 비로소 A가 끝내지 못했던 말의 주술에서 풀려났다.

침 대 위
연 필 한 자 루

—————————,

　　몇 년 전 지인의 소개로 미국인 제레미 아저씨
와 상호 언어수업을 한 적이 있다. 제레미는 영어를, 나는 우리말을 가
르치는 식이었다. 우리는 일주일에 한 번씩 연세대 후문의 카페에서
만났다. 어린이 책 출판사를 겸한 카페여서 진열장 가득 그림책이 꽂
혀 있었다. 실내는 아늑하고 편안했다. 게다가 평일 낮에는 거의 손님
이 없었다. 한국인의 아킬레스건인 'R' 발음을 자주 지적받던 나로서
도, '의정부' 같은 발음을 어려워하던 제레미에게도 주변에 사람이 없
는 편이 편했다. 우리는 항상 창가쪽 탁자를 차지하고 앉았다. 제레미
는 녹차를, 나는 커피를 주문한 뒤 수업인지 수다인지 모를 시간을 보

내곤 했다. 돌아보면 그리운 시절이다.

　수업이라고 해도 딱히 정해진 방식이 있는 것은 아니었고, 그때그
때 나누고 싶은 이야기를 서로의 언어로 해보는 식이었다. 그래도 교
과서는 있어야겠다고 생각했는지 첫날 제레미는 영어 동화책 한 권을
정했다. 동화의 내용을 한국어로 가르쳐주면 한국어 교재도 겸하는
셈이었다. 동화책을 펼친 날도 있었지만 대부분의 수업은 즉흥적으로
흘러갔다.

　제레미는 항상 10센티미터쯤 되는 연필과 명함보다 약간 큰 수첩
을 탁자 위에 올려놓았다. 지금까지 기억에 남는 건 그의 눈동자 빛깔
이나 손등에 난 털이 아니라 그가 지녔던 소소한 물건들이다. 앙증맞
은 크기의 수첩에는 알아볼 수 없는 글씨가 지렁이 기어가듯 그려져
있곤 했다. 꿈을 기록한 것이라고 했다. 꿈을 꾸다가 '이건 꿈이야' 하
는 자각이 드는 순간, 머리맡에 놓아둔 연필을 쥐고 재빨리 쓴다는 것
이다. 꿈에서 깨지 않은 채로.

　"그게 가능해요?"

　꿈에서 깨지 않은 채로 자각몽을 기록한다는 게 마치 서커스처럼
여겨져 물었던 기억이 난다.

　"오래 훈련하면 할 수 있어요. 일어나서 수첩을 보면 꿈을 빠짐없
이 기억하게 되죠. 그럼 내 의식의 흐름이랄까, 그런 게 잡혀요. 꿈의

의미를 해석할 수도 있고요."

제레미는 젊은 시절 인도며 네팔, 아시아, 유럽 등 많은 나라를 여행한 터였다. 인도의 아쉬람이나 명상센터에도 오래 머물렀다고 했다. 아마 그 시절 어느 영적 스승에게서 꿈을 기록하는 일의 중요성과 방법 같은 걸 배웠는지 모르겠다. 수업을 하다가도 뭔가 떠오르면 그는 재빨리 작은 수첩을 펼쳐 휘리릭 적었다. 꿈을 꾸고 있는 게 아닌데도 역시 글자는 알아볼 수 없었다. 타고난 악필은 아니었다. 내게 영어 단어를 써줄 때 보면 세련되고 말쑥한 필체였다. 오직 자신만 알아보기 위해 쓸 때만 지렁이체로 썼다.

제레미의 연필은 뾰족하게 깎여져 있는 적이 없었다. 항상 나무속에 거의 파묻힐 정도로 뭉툭하게 닳아 있었다. 그래서 수첩에 적힌 글씨도 굵었고, 나무에 긁힌 자국까지 있었다. 내가 연필을 깎아주겠다고 하면 "괜찮아요" 하고 우리말로 정중하게 사양했다. 연필 깎는 기쁨을 자신이 누리고 싶어서였는지, 심이 닳을 대로 닳아야 쓰는 맛이 있어서였는지는 모르겠다. 확실한 것은 그가 몽당연필을 몹시 아꼈다는 것이다.

그 즈음 개인적인 사정 때문에 제레미와의 수업은 몇 달 후 그만두게 되었다. 그때부터 침대 머리맡에 연필과 메모지를 두기 시작했다. 제레미처럼 꿈을 기록하겠다는 포부 따윈 없었다. 잠들기 전까지

언뜻언뜻 스쳐가는 단상을 적는 정도였다. 때로는 단어만 나열해 놓거나, 다음날 해야 할 일을 써놓을 때도 있다. 노트나 수첩을 두면 적을 칸을 찾아 뒤적이는 동안 생각이 휘발될까 봐 이면지를 활용한다. 인터넷 사진 인화업체에서 사진이 구겨지는 것을 막기 위해 함께 보내준 두툼한 플라스틱에 이면지를 집게로 고정해 놓고 쓴다. 플라스틱이 자연스럽게 책받침 역할까지 해줘서 무척 편하다. 단어 몇 개만 쓴다는 것이 그만 연필의 사각거림에 빠져서 어지러울 정도로 기쁨에 취할 때도 있다.

아침에 일어나면 간단한 아침을 먹고 책상 앞에 앉는다. 연필을 하나 잡고 간밤의 단편적인 기록 가운데 쓸 만한 것을 골라 따로 노트에 정리한다. 다시 보면 별 감흥이 없거나 이미 옮겨 쓴 것은 길게 줄을 그어 지우는 흉내를 내둔다. 이면지 한 장이 연필로 그은 줄로 가득 차면 종이 재활용 박스에 넣는다. 밤과 아침 사이를 연필과 종이로 이으며 시작하는 이 일이 나는 참 좋다.

사실 간단하다면 간단한 일이다. 전혀 수고스럽지 않다. 이처럼 손쉬운 일인데도 정돈하기 힘든 내 인생의 한 부분을 야물게 정리하는 듯한 상쾌함까지 덤으로 얻는다. 적어도 뭔가를 하고 있고, 내가 있어야 할 장소에 제대로 있는 것 같다. 잠에서 깨어 엉뚱한 장소에 생뚱맞은 모습으로 있는 느낌에 시달리는 것처럼 난처한 일도 없으니까.

술을 마신 밤이나, 제정신인데도 아무 흔적도 남기지 않고 죽은 듯이 잔 다음 날이면 허전하다. 밤의 정적이 내게 속삭여주었던 것들이 영원히 돌아오지 못하는 시간 속으로 흘러가버린 것만 같다. 어둠에 섞여 찾아드는 불모감, 너무 명백해서 변명하거나 외면할 수 없는 그리움, 낮에는 괴로우리만치 붙들고 있던 것을 고요하게 체념하게 되는 무욕의 순간, 촘촘하고 따뜻한 만족감…… 그런 것들은 아침에 다시 불러오려고 해봐야 소용없다. 밤의 정기가 불러온 이미지와 감회는 아침의 햇살 아래에서는 다른 빛깔이 되고 만다.

이면지가 비어 있는 날에는 서운함을 달래기 위해 짧은 시나 책 속의 구절이라도 옮겨 적는다. 어느 날은 앙드레 지드가 《지상의 양식》 맨 앞에 붙인 제사題詞를 쓰기도 했다.

오랫동안 잠들어 있던 나의 게으른 행복은 이제 눈을 뜨다.

— 하피즈

다 쓴 뒤 '게으른 행복' 밑에 두 줄을 그을 때, 그야말로 고양이처럼 느긋한 만족감이 뼛속까지 차올랐다. 게으른 행복은 아무것도 기대하는 바 없이 행위 그 자체를 즐길 때 찾아온다. 이때의 '게으른'이라는 형용사는 속도를 나타내는 것이지 '나태'나 '태만'의 뜻은 아니

◉ 밤과 아침 사이를

연필과 종이로 이으며 시작하는

이 일이 나는 참 좋다.

다. 바쁜 행복은 언젠가는 대가를 치르게 돼 있다. 건강으로든, 인간관계로든. '바쁜' 상황을 어쩔 수 없다면 자투리 시간을 이어서라도 '게으름'을 확보해야 한다. 그 균형을 잃으면 인간은 언제까지나 자기 삶의 외곽에 살고 있는 듯한 단절감에 시달리게 된다.

침대 머리맡에만 두는 연필이 따로 있다. 파버 카스텔1221 HB. 독일에서 만든 것이 아니라 인도네시아 산이다. 많고 많은 연필 중에 이 연필을 선택하게 된 특별한 이유는 없다. 나무의 품질은 조금 아쉽지만 필기감도 무난한데다 값도 저렴한 편이어서 행여 침대 밑으로 들어가 버리더라도 마음에 두지 않아도 된다. 이 피폐하고 불완전한 것들 투성이인 삶에서 연필 한 자루가 제 자리를 찾아 늘 같은 곳에 있다는 게 안정감을 준다. 그러면 된 거다.

빈틈이 도착했다, 쓴다

──────,

오늘까지 넘겨야 할 원고가 있다. 무엇을 쓸지는 정해 놓았다. 첫 문장만 풀리면 된다. 첫 문장은 겸손한 손님에게만 친절을 베푸는 집의 초인종을 누르는 것과 같다. 초인종 소리가 문 안쪽에서 울려 퍼진다. 잠시 뒤 집주인이 나온다. 잠시 거리를 두고 이편을 살펴본다. 이윽고 첫 번째 관문을 통과했다는 듯 몸을 비켜서서 들어오기를 청한다. 첫 문장만 수월하게 나오면 자석이 철가루를 모으듯 다음 문장도 연이어 끌어당길 것이다. 운이 좋다면 그 다음 문장도. 그런 식으로 한 문단이 태어난다.

첫 문장을 쓰기 위해 연필을 쥐고 백지에 시선을 모은다. 도움을 청하기라도 하듯 허공으로 눈길을 돌려본다. 마치 허공에 써야 할 글자들이 흩어져 있고, 그걸 옮겨 쓰기만 하면 되는 듯이. 그런 일은 없다. 허공은 문자 그대로 텅 비어 있다.

어디선가 오고 있을 첫 문장은 아직 내게 도착하지 않았다. 한낮인데도 눈구름을 거느린 하늘 때문에 주위는 어둡다. 창밖으로 약한 눈발이 바람을 타고 사선으로 내려오는 모습이 보인다. 시야의 끝에 잡히는 산은 군데군데 눈이 쌓여 있다. 사위는 조용하고, 나는 연필을 든 채 서성인다.

아침에 아래층 젊은 아버지가 두 아이를 등교시키기 위해 부르던 소리가 기억난다. "어이, 강아지들!" 기다리던 첫 문장은 기척이 없고, 몇 시간 전 들은 목소리가 허공에서 재현된다. 잠시 뒤 그의 소중한 강아지들을 오토바이 앞뒤에 한 명씩 태워 골목을 빠져나가던 소리. 눈으로 그들을 배웅하며 갑자기 살아 있음의 격렬한 기쁨, 여린 존재들을 보살피는 것의 애틋함에 몸이 떨렸던 순간을 떠올렸다. 나는 그 현재를 놓칠세라 차갑고 명징한 공기를 한껏 들이마셨다.

어이, 강아지들! 귀가 기억하는 말을 써본다. 새삼 연필과 종이가 서로 마찰하며 내는 소리, 연필의 감촉, 연필을 둘러싼 모든 것에 매혹된다. 아무 글자나 써본다. 어이, 강아지들! 학교 가야지! 연필심이 종이에 미끄러지는 소리. 나도 한때는 누군가의 강아지였다. 오늘 써야 하는 원고와는 단 1밀리미터도 연관성을 찾을 수 없는 문장이다. 무슨 말이든 자꾸 쓰고 싶을 뿐이다. 참을 수 없는 강아지의 슬픔. 아프니까 강아지다. 내가 누구인지 말할 수 있는 강아지는 누구인가……. 연필심이 사각거리는 소리의 숲을 마냥 누빈다. 소리는 의식 속에 흔적을 남긴다. 마음에 리듬이 부여되고, 아직 몸이 덜 풀린 뇌가 준비 운동을 하는 시간. 흑연은 눈송이가 내려앉듯 가볍게 종이 위로 스며든다.

해야 할 일, 첫 문장을 쓰는 일, 그것들 대신 뜻밖에 도착한 이 빈틈을 나는 즐긴다. 그리고 쓴다. '빈틈이 도착했다.' 시험기간이나 마감시간 직전에 곧잘 도착한다는 그 전설의 빈틈. 아무 목적 없이 지금 이 순간을 만끽하는 해찰의 시간. 그 자그만 해방감. 절제가 요구될 때만 골라서 갑자기 분출되는 세상을 향한 적극적인 욕구들. 빈틈에서 쓸 만한 아이디어가 분출되기도 한다는 계산 섞인 위안은 이 감미로운 시간을 효율성의 논리로 묶어버린다. 그냥 쓴다. 어떤 의도나 기대 없이 떠오르는 대로 써나간다. 연필심이 조금씩 닳으면서 글자가 뚱뚱해지기 시작한다. 조각가가 칼을 바꾸듯 다른 연필로 바꿔 쥔다.

이 시간이 즐거워 멈추고 싶지 않다. 어쩌면 써야 할 글의 첫 문장은 도착하지 않는 것이 아니라 문밖에 세워 두고 있는 건지도 모른다. 오래도록 좋아했던 윌리스 스티븐스의 시 〈눈사람〉을 옮겨 써본다.

눈 덮인 소나무 가지와

서리를 보기 위해서는

겨울의 마음을 가져야 한다.

얼음으로 뒤덮인 향나무를 바라보기 위해

저 멀리 희미하게 반짝이는 1월의 햇빛 속에

삐죽삐죽한 잎을 곤두세운 가문비나무들을 보기 위해

오랫동안 추위에 떨었다.

바람소리가 들리는 곳에서는

어떤 불행도 생각지 말라.

좋다. 참 좋다. 바람소리가 들리는 겨울 낮에 나는 시인의 충고대로 어떤 불행도 생각하지 않는다. 혼자이되 외롭지 않고, 해야 할 일이 있으나 짓눌리지 않으며, 뜻대로 되지 않았던 일들이 떠올라도 한숨과 비탄에 휩싸이지 않는다. 그때는 다만 그러했을 뿐이다. 지금은 태어나서 처음 맞은 오늘. 남은 날들 중에 가장 젊은 날. 연필과 종이, 그리고 지우개가 있는 책상 앞에 있는 이 시간이 기껍다. 행복해서 가슴이 저릴 정도다. 이 아찔한 현존의 현기증. 만족스럽게 제 박자로 뛰고 있는 심장박동의 리듬에 귀 기울인다.

내친 김에 웬델 베리의 《나에게 컴퓨터는 필요없다》의 일부분을
옮겨 쓴다.

나는 몸을 사용해서 글 쓰는 즐거움을 잃고 싶지 않다. 그 즐거움은
나에게 없어서는 안 될 고결함을 상징하는 것처럼 느껴지기 때문이다. 숲
속에 들어갈 때, 나는 연필과 몇 장의 종이를 가지고 간다. 그러면 나는
이제 IBM사의 사장만큼이나 작업에 필요한 훌륭한 장비를 갖추게 된다.
그리고 잠시나마 IBM사가 채우고 있는 모든 족쇄에서 자유로워진다. 내
생각은 권력의 구조물이나 눈금으로부터가 아닌, 완전히 다른 방향과 방
식으로 다가올 것이다. 내 정신은 내 발과 함께 자유롭게 움직인다.

웬델 베리는 미국의 고향에서 농부 겸 작가로 활동하며 인간과 문
명에 대해 깊이 있는 성찰의 글을 쓰는 작가다. '대지의 청지기'라는
별칭에 맞게 그는 컴퓨터를 쓰지 않고 타자기로 작업한다. 그가 손으
로 쓰면 아내가 타자기로 친다. 아름다운 가내 수공업 작업이다. 타자
기를 사랑한 나머지 더 이상 구하기 힘든 타자기 리본을 50여 개 구입
해 놓고 소설을 썼다는, 소설가 폴 오스터와 만나면 둘이 할 얘기가 많
을 듯하다.

나는 지금

시대를 거슬러

연필을 쥔다.

'타자기'라고 써본다. 10대 후반에 맹렬하게 두들겼던 마라톤 타자기는 어디로 갔을까. 상업고등학교의 1층 타자실 창문은 운동장 쪽으로 나 있어서 핸드볼 선수들이 연습하는 소리가 그대로 들렸다. 창으로 비스듬히 스며들어 먼지를 비추던 햇빛. 타자기 리본에서 풍기던 잉크 냄새. 첫 타자 시험을 치고 눈에 띄게 실망한 얼굴로 앉아 있는 친구에게 다가가 처음으로 말을 걸었던 기억.

"시험 잘 쳤어? 난 망했어."

친구는 놀란 눈으로 물었다.

"근데 너 이름이 뭐야?"

한 반이 된 지 얼마 되지 않아 얼굴만 알고 있던 우리는 그날 이후 빠르게 친해졌다. 망쳐버린 시험이 선물해준 우정이었다. 나중에야 내가 누군가에게 먼저 말을 거는 일이 무척 드물고, 그 친구도 대부분 자신이 능동적으로 친구를 선택하는 타입이라는 것을 알았다. 타자 시험이 아니었다면 우리가 그 정도로 친해지진 않았으리라는 건 분명했다.

"안 그러던 애가 왜 나에겐 먼저 말을 걸었니?"

훗날 친구는 우정의 시작을 되짚어보며 물었다.

"네가 시험지를 보면서 엄청 낙담한 표정을 짓고 있었거든. 난 언제나 패배한 사람들에게 약해."

사실 평소 활기에 넘치던 네가 타자기 앞에 낙심해 있는 모습이 너무나 뜻밖이었다, 라고 해야 정확했지만 나는 좀 더 문학적으로 승화된 표현을 택했다.

희망이라고는 대기업에 취업하는 것밖에 없던 핏기 없는 10대 후반의 추억들이 뒤를 잇는다. 모든 것은 내가 하기에 달렸다는 말. 한계와 장애물을 은폐한 채 열정을 부추기던 시대의 잠언들이 쏟아지던 교실. 연필 한 자루와 종이만 있어도 행복할 수 있다고 말해주는 이가 한 사람쯤 있어도 좋았을 텐데.

불과 3~4년 뒤에는 컴퓨터가 일상화되고, 그래서 타자 실력이 업무능력을 가늠하는 데 큰 변별력이 돼주지 못하리라는 것을 그때는 아무도 실감하지 못했다. 타자 선생님도 학생도. 그 무렵엔 타자 자격증을 위해 비즈니스 서식을 익히고 오타를 줄이는 게 중요한 일이었다. 내일 지금까지와는 전혀 다른 문명이 닥쳐온다고 해도 오늘은 오늘의 삶을 살 수밖에 없다.

타자기의 시절을 지나 워드프로세스와 컴퓨터, 스마트폰을 거치는 동안 우리가 쌓아올린 것은 속도의 금자탑이었다. 지금 나는 시대를 거슬러 연필을 쥔다. 연필로 글을 쓰면서 가장 느린 사람이 승자가 되는 뒤집어진 경주를 꿈꾼다.

"나는 시간당 두 줄의 속도로 글을 쓴다."

시인 토마스 딜런이 한 말이다. 가수 밥 딜런이 흠모한 나머지 '딜런'이란 성을 따서 개명하기도 했던 오리지널 딜런이다. 나는 시인이 아니므로 타협한다. 시간당 열 줄을 쓰는 것으로.

바람에 휘날려 담벼락에 달라붙는 눈송이, 70년대 이탈리아 프로그레시브 록, 김광석 노래만 앞뒤로 녹음했던 테이프, 육탈한 채 서 있는 공원의 나무들, 순천만의 강줄기, 공중전화 박스에 두고 온 통화는 할 수 있으나 반환되지 않는 돈, 해변의 모래사장에 구조를 바라듯 크게 썼던 글자들……

손아귀가 뻐근하고 아프다. 살짝 허기도 진다. 쓰기를 멈추고 손목을 턴다. 양손을 깍지 껴서 앞으로 쭉 밀어 근육도 풀어준다. 여기까지 이르도록 써야 할 원고의 첫 문장은 도착하지 않았다. 이미 도착한 것들은 문밖에서 기척을 줄인 채 초인종을 누를까 말까 주저하고 있다. 문을 연다. 비천하고 용렬한 세상에서 오물을 뒤집어 쓴 채 도착한 언어의 눈망울이 젖어 있다. 내 몸 전체로 살아서 통과하는 지금, 순식간에 지나갈 생이 손님처럼 당도했다. 거대한 빈틈으로.

잔잔한 침잠,
고요한 공감의 소리

—————,

기뻐서 날뛰지 않는다. 슬퍼 통곡하게 하지도 않는다.

흥청거리도록 취하게도 하지 않는 것이라야 정겨운 것이다.

그것은 잔잔한 침잠이고 가벼운 도취고 고요한 공감이다.

— 김열규

웅장한 음향시설을 갖춘 극장에서 영화 속 주인공이 종이 위에 머리를 숙이고 연필로 사각사각 써나가는 소리가 울리는 순간을 나는 사랑한다. 심장이 고동치고 맥박이 빨라진다. 연필을 든 주인공은 대개 차마 얼굴을 마주하고는 하지 못할 말을 쓰거나, 일생 동안 감춰왔

칼로 연필심을 다듬는 소리,

바람 없이 똑바로 지면에 닿는 빗소리,

도예가의 물레 돌리는 소리,

댓잎이 바람을 맞아 춤추는 소리,

보리·억새·갈대들의 수런거림······.

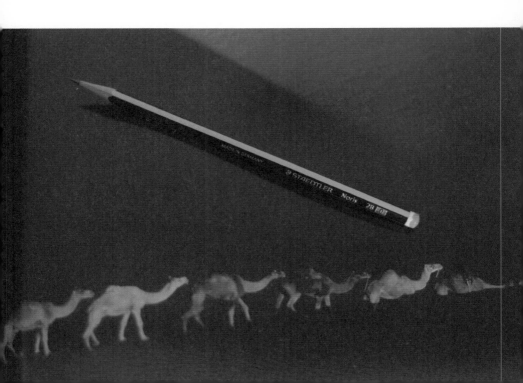

던 비밀을 풀어놓는다. 나의 명랑한 비통함을 스피커를 통해 울리는 연필의 사각거림으로 덧입히는 시간. 그 소리만 녹음해 마음이 정처 없을 때, '외롭고 높고 쓸쓸'하여 놓아버린 것들의 환영을 볼 때 듣고 싶다.

눈을 감고 내 안의 적막 속으로 입국하게 만들거나 눈을 비비고 세상을 다시 보게 만드는 소리들. 칼로 연필심을 다듬는 소리, 바람 없이 똑바로 지면에 닿는 빗소리, 도예가의 물레 돌리는 소리, 댓잎이 바람을 맞아 춤추는 소리, 보리·억새·갈대들의 수런거림……. 심장에 얼음을, 북극 빙하만 한 얼음을 가져다 대야 얻었던 냉철함과 평화를, 어떤 소리들은 떠들썩한 기색 없이 자분자분 불러온다.

《굶주림》과
몽당연필 한 자루

＿＿＿＿＿，

노르웨이 소설가 크누트 함순이 1890년에 발표한 《굶주림》은 제목 그대로 지독한 허기와 굶주림에 관한 이야기이다. 젊은이는 오직 글을 쓰겠다는 일념으로 노르웨이의 수도에서 가난과 정면으로 맞선다. 청탁받지도 않은 신문 기사를 써서 신문사에 가져가 운 좋게 채택되면 며칠 동안 빵 걱정 없이 지낸다. 그나마도 거지나 거리의 행상에게 아무 이유 없이 돈을 몽땅 줘버리기 일쑤다. 정작 자신은 너무 굶은 나머지 음식물을 받아들이지 못해 먹은 것을 모두 토해내는 지경인데도. 그가 가장 행복해하는 순간은 글을 쓸 때다.

잠에서 완전히 깨어나서 이부자리에 일어나 앉아, 침대 뒤의 테이블에서 종이와 연필을 집어 들었다. 마치 내부에서 행운이 터져버리기라도 한 것 같았다. 한 단어에 이어 다른 단어가 계속 떠올랐다. 단어들은 정돈이 되었고, 서로 연결이 되었고, 문맥에 어울리게 논리적으로 구성됐다. 줄거리들이 차곡차곡 쌓여갔다. 동작과 대사가 연이어 솟아났다. 야릇한 행복감이 느껴졌다. 나는 신들린 사람처럼 글을 써내려갔다.

글 쓰는 이에게는 이런 순간이야말로 모든 제약을 벗어나 궁극의 자유를 맛보는 이상적인 상태다. 영적 각성의 환희에 견줄 만한 이 지극한 행복을 한 번이라도 경험한 이는 좀처럼 그 기억을 잊지 못한다. 그러나 방세가 밀려 초라한 다락방마저 잃게 되자 젊은이는 거듭 추락의 쓰라림을 맛본다. 이게 바닥인가 싶었지만 지하가 있었고, 지하에도 층층이 단계가 있었다.

어느 날 그는 거리에서 "우유 사게 한 푼만 줍쇼!" 하고 구걸하는 나이 든 거지와 마주쳤다. 도와주고 싶은데 수중에 한 푼도 없었다. 거지에게 기다리라고 하고는 부리나케 전당포로 달려가 조끼를 넘기는 주인공. 조끼는 그가 지닌 물건 가운데 전당포에서 받아줄 만한 마지막 소유물이었다. 그는 전당포에서 받은 돈의 3분의 2를 뚝 떼어 거지에게 건넨다. 그의 남루한 행색을 본 거지가 도로 돈을 돌려주자 그는 발을 구르고 욕을 하면서까지 억지로 쥐어준다. 그는 빈 위장뿐만 아니라 어마어마한 크기의 자존심도 채워야 하는 부류의 사람이었다.

나머지 돈으로 치즈와 빵을 사서 게걸스럽게 먹은 뒤 철학 지식에 관한 3부작 개론서를 쓰겠다는 야심을 품는다. 그런데 아뿔싸! 글쓰기에 필요한 물건을 찾다가 연필이 없어졌음을 깨닫는다. 그가 지닌 단 한 자루의 몽당연필이 전당포에 맡긴 조끼 주머니에 들어 있었던 것이다.

'몽당연필 하나가 없어서 3부작 저서가 실패로 돌아가다니!'

그럴 수는 없다. 그는 다시 전당포를 찾아가기로 한다. 마치 몽당연필 한 자루만 있으면 모든 일이 술술 풀리고 불운도 끝난다는 듯이. 인류 역사상 몽당연필 한 자루를 이 정도로 간절하게 원했던 사람이 있을까.

연필을 되찾는 데는 아무런 어려움이 없었다. 전당포 남자가 조끼를 내주며 주머니를 살펴보도록 했기 때문이다. 그는 몽당연필을 되찾아 나오며 체면을 지키기 위해 변명을 늘어놓는다.

"다른 때라면 하찮은 연필 한 자루 때문에 이 먼 길을 올 생각은 꿈에도 하지 않았을 겁니다. 하지만 이 연필은 문제가 달라요. 특별한 이유가 있습니다. 이 세상에서 지금의 나를 있게 해준 것이 바로 이 몽당연필이랍니다. 바로 이 연필로 내가 세 권짜리 철학 지식 개론서를 썼답니다."

그는 미래의 계획을 이미 이룬 것처럼 슬쩍 바꿔 말한다. 젊은이의 허풍에 전당포 남자는 호기심과 막연한 존경심을 보인다. 젊은이는 이어서 연필 한 자루가 갖는 의미를 거창하게 설명한다.

내가 이 몽당연필을 굳이 되찾으려 했다고 해서 놀라서는 안 된다. 내게 이것은 너무도 큰 가치를 지니고 있다. 내게는 한 사람의 인간과도 같다. 요컨대, 나는 연필의 선의를 진심으로 감사하게 생각하고 있으며, 그 추억을 간직할 것이다…… 그렇다, 그거다. 진정으로 그 추억을 간직할 것이다. 약속은 약속이다. 나는 그런 사람이다. 이 연필은 그런 대접을 받아 마땅하다.

．

결국 그의 허세에 넘어간 전당포 주인은 허리까지 굽혀 인사하며 그를 배웅한다. 그토록 소중한 연필을 되찾았으니 이제야말로 대작을 쓸 만반의 준비가 끝났다.

그러나 그는 쓰지 못한다. 자신이 잔인하고 불공평한 운명의 희생자라는 생각에 하느님을 원망하느라 정신이 산만해진 데다, 며칠 만에 호사스럽게 한 식사 덕분에 속이 거북해 고통스럽기 때문이다. 글을 쓰기 위해선 먹어야 하는데, 겨우 한 끼 식사를 하고 나면 이번에는 몸이 음식을 받아들이지 못해 움직일 힘조차 없다. '오랜 기간 밥을 굶는다는 것은 마치 두뇌가 아주 느릿느릿 머리에서 흘러내려서 결국은 텅 비어버리는 것과 같다'고 그는 고백한다.

그의 굶주림이 얼마나 처절한 것이었는지 알려주는 일화가 있다. 기운을 차려볼 셈으로 어떻게든 고기를 먹어보려고 행동에 나선다. 그는 정육점 주인에게 개에게 줄 거라고 둘러대고 살점이 붙은 뼈다귀를 하나 구했다.

나는 뼈다귀의 고기를 갉아먹기 시작했다. 아무런 맛이 없었다. 말라붙은 피의 메스꺼운 냄새가 뼈에서 올라와 곧 삼킨 것을 토하기 시작했다. 다시 시도해봤다. 이 고기 한 조각을 속에 집어넣을 수만 있다면 틀림없이 무슨 효험이 있겠지. 고기의 살점들은 위 속에서 발효되자마자 도로 올라왔다. 나는 미친 듯이 두 주먹을 꽉 쥐었다. 비탄에 빠져 눈물을 흘리고, 귀신들린 사람처럼 뼈다귀를 물어뜯었다. 하도 울어서 뼈다귀가 눈물에 젖어 더러워졌다. 나는 더욱 격렬하게 토해내고, 욕설을 퍼붓고, 다시 물어뜯었다. 마치 심장이 터져버릴 듯이 울었고, 또 토해냈다. 그리고 큰 소리로 온 세상의 신들에게 지옥에 떨어지라고 저주했다.

처절하고 눈물겨운 장면이다. 잔인하도록 배가 고픈데도 그는 오

● 오늘 아침 공교롭게도 나는

몽당연필을 한 자루 만들었다.

그런데도 뿌듯함보다는

옅은 좌절감이 밀려오는 것은

왜일까.

직 자신이 바라는 길을 통해서만 구원을 받으려 한다. 지독한 외골수다. 글을 쓰는 것. 그리고 그 글의 대가로 음식과 잠자리를 해결하기. 그러나 그토록 바라는 일을 하기 위해 망신을 무릅쓰고 몽당연필을 되찾아오기까지 했지만 3부작 저서는커녕 신문기사 하나 제대로 쓸 힘이 없다.

어린 시절 내 처지도 어렵고 궁핍하기는 마찬가지였다. 단지 한 끼니 밥을 해결하기 위해 수십 리 떨어진 친척집까지 걸어서 찾아간 적도 있다. 그러나 몇 끼니를 건너 뛴 적은 있어도 적어도 이 소설 속 주인공처럼 처절하게 굶주리진 않았다.

그럼에도 나는 소설 속 젊은이를 이해할 수 있었다. 20대의 내 모습을 보는 것 같았기 때문이다. 글을 쓰기 위해선 무엇인가를 먹고 힘을 내야 한다. 그러자면 돈이 필요하다. 마치 그 순간을 기다렸다는 듯 일거리가 들어온다. 다른 사람이 원하는 글을 쓰는 일이다. 일이 주는 생기와 긴장감으로 몇 달을 정신없이 보낸다.

몇 푼의 돈이 생긴다. 자, 이젠 내가 원하는 걸 해볼까. 이런 수순이어야 했지만 세상일은 스위치를 올리고 내리는 것처럼 그리 간단하게 흘러가지 않는 법이다. 생계형 글을 써서 몇 푼을 벌고 나면 이번에는 공허감과 자괴감으로 탈진해버린다. 내 글, 남의 글 가리지 않고 모든 것을 쏟아서인지도 모른다. 그러면서도 '이건 일시적인 일일' 뿐이라고 여기며 오만한 열정으로 하루하루를 버텼다.

그렇게 어영부영하는 사이에 돈이 떨어지면 다시 일을 했다. '반항하면서 서서히 안주하는 사람'이 되는 것 같아 초조해하면서. 아니, 이런 이야기는 그저 의지박약을 가리는 변명일지도 모른다. 어쨌거나 그 시절을 통과해 왔기에 가난과 꿈 사이의 악순환을 이해하고 절절하게 공감할 수 있었다.

《굶주림》은 크누트 함순의 자전적인 이야기라고 한다. 젊은 시절 아사 직전까지 갔던 극빈의 체험 덕분에 그는 굶주림과의 투쟁을 생생하게 형상화할 수 있었다. 무명이었던 작가는 서른한 살에 발표한 이 작품으로 작가로서 입지를 다진다. 다른 무엇도 아닌 바로 그 자신이 굶주린 이야기를 써서 마침내 뜻을 이룬 것이다.

이 소설을 읽으면서 나는 몇 번이고 내 연필꽂이에 꽂혀 있는 수십 자루의 연필을 바라보았다. 소설 속 주인공의 입장에서는 수백 권의 저서를 쓰고도 남을 양의 연필을 소유한 나는 그것만으로도 부러움의 대상이 돼야 마땅했다. 소설 속 젊은이가 그랬듯 내게도 인간처럼 존중해야 마땅할 만큼 선의를 가진 연필이 한 무더기 있었다.

게다가 오늘 아침 공교롭게도 나는 몽당연필을 한 자루 만들었다. 그런데도 뿌듯함보다는 옅은 좌절감이 밀려오는 것은 왜일까. 마음 속 깊숙한 곳에선 답을 알고 있다. 욕심 때문이다. 그 몽당연필로 만족스러운 글을 써야 했다는 욕심과 불안 때문이다. 자신을 성취 위주로 평가하는 습관이 질긴 껍처럼 마음에 달라붙어 있었다. 그 마음을 알아차리고 내려놓는다. 몽당연필은 몽당연필 자체로 다시 사랑스러운 사물이 된다.

나는 1920년에 노벨문학상까지 수상한 크누트 함순의 집념과 열망이 마냥 부럽지만은 않다. 그는 밑바닥 생활을 딛고 일어나 마침내 작가로서 뜻을 이뤘다. 제임스 조이스나 버지니아 울프 이전에 현대 소설의 뿌리를 그에게서 찾을 정도로 문학사에 뚜렷한 봉우리를 만들었다.

그러나 그가 2차 세계 대전 중에 나치를 지지했다는 사실도 알고 있다. 함순이 나치즘에 동조했거나 친독일주의자여서가 아니었다. 오히려 그는 나치즘이 무엇인지 이해조차 하지 못했다. 독일군이 그의 조국 노르웨이를 점령했을 때 히틀러를 지지했던 것은 오로지 영국을 너무 싫어했기 때문이었다. 조상 중에 영국인에게 이가 갈리도록 심하게 당한 이가 있었을까. 정확한 이유는 알 수 없다. 다만 그의 외골수 반영국주의가 균형 잃은 광기를 불러왔고, 판단을 흐리게 만든 것만은 확실하다.

나는 이 노르웨이 신사를 착잡한 마음으로 떠올려본다. 그토록 굶주려가며 애쓴 결과 그는 대체 어디에 이르렀던 것일까. 함순은 간절히 열망하는 것을 손에 넣기 위해 달려가다 스스로 길을 잃고 마는 현대인의 초상이 아닐까.

《굶주림》의 주인공처럼 스스로를 통렬하게 직시하고 자신의 초라함에 뜨거운 눈물을 흘려보는 시기를 일생에 한 번쯤 가져보는 것도 나쁠 것은 없다. 그 시기를 통해 나머지 생의 방향을 정하고, 무엇에도 파괴되지 않는 단단한 자기애에 이를 수 있다고 믿기 때문이다. 그러나 그보다 중요한 것은 최소한의 조건이 갖춰졌을 때 그 에너지로 어떻게 살아가느냐 하는 것이다. 피눈물이 솟구치도록 음식과 안정을 갈망하고, 종이와 연필을 원하는 것이 전부가 아니다. 크누트 함순의 문학과 삶은 내게 연필 한 자루가 갖는 의미를 뜨겁게 되새겨준다.

연 필 의
가 장 극 적 인 쓰 임 새
—————— ,

황무지 같은 곳에 불시착한 상황을 상상해본다. 주변에는 나무 한 그루, 풀 한 포기 없다. 오로지 돌멩이와 모래와 귀신 울음소리 같은 바람이 가득할 뿐. 어쩌다 그런 곳에 혼자 떨어지게 됐을까. 엉뚱한 시도 끝에, 혹은 오만에 찬 고집을 피운 대가로 도착한 것인지 이유는 모른다. 다른 인간이나 문명의 흔적 같은 것은 전혀 없다. 나만, 거기에, 놓여 있다.

내게는 라면 한 봉지를 끓일 수 있는 물과 코펠 하나, 버너, 작은 칼, 노트 한 권, 그리고 새 연필 두 자루가 있다. 곧 위장을 쥐어짜듯 요란한 허기가 느껴진다. 살아 있는 생명체의 위장에서 새어나오는 그 소리만이 휑한 공간에 울려 퍼진다. 뭐든 먹어야 한다. 코펠에 물을 붓고 끓인다. 라면과 스프를 넣고 익힌다. 라면이 익는 것과 동시에 버너의 불꽃은 팍, 꺼진다. 남아 있던 가스를 다 쓴 것이다. 내 앞에는 뜨거운 라면이 담긴 코펠이 놓여 있다.

자, 이제 어떻게 해야 할까. 뜨거운 라면을 먹으려면 젓가락이 필요하다. 사방을 둘러봐도 나뭇가지를 꺾을 만한 나무는 없다. 그렇지. 내겐 연필이 있었지. 노란색 페인트로 도색돼 있고, 원 중심에 심이 박혀 있는 이 연필을 나무젓가락으로 쓸 수 있을까. 어떤 도구도 찾을 수 없는 지금 연필을 젓가락으로 활용할 수 있을까.

성룡은 영화 〈폴리스 스토리〉에서 이런 상황을 코믹하게 연기한다. 라면을 먹으려는데 젓가락이 없자 거침없이 연필을 집어 든다. 그런데 두 자루 다 깎아 쓰던 연필이다. 할 수 없이 거꾸로 세워 고무지우개가 달린 부분으로 허겁지겁 먹는다. 그러다 지우개가 빠져 사라진 것을 알고 소동을 피운다. 나라면 어떻게 할까.

대니얼 디포가 《로빈슨 크루소》를 발표한 것은 1719년, 그의 나이 마흔 살 때였다. 로빈슨 크루소는 배를 타고 가다가 난파당해 사람들이 교역을 위해 오가는 항로에서 뚝 떨어진 섬, 즉 무인도에 표류한다. 천만다행으로 요긴한 것들이 잔뜩 실려 있는 배가 해안으로 밀려와 있다. 로빈슨은 배까지 헤엄쳐 가서 여러 도구와 먹을 것들을 옮겨

온다. 거기에는 펜과 잉크, 그리고 종이도 포함돼 있었다. 그는 잉크를 최대한 아끼며 자신의 상황을 기록해나간다. 다른 것들은 어떻게든 해결할 수 있었지만, 도저히 잉크는 만들 수 없었기에 그야말로 피 같은 잉크였다.

만약 그에게 연필이 여러 자루 있었다면 모든 것이 달라졌을 것이다. 흑연이 처음 발견된 것은 1500년대 초반으로 알려져 있다. 영국 컴벌랜드 지역에 엄청난 태풍이 몰아쳐 나무들이 모두 뿌리가 뽑혀 넘어지는 일이 있었다. 목동이 어느 쓰러진 나무 밑을 지나다 검은 물체를 발견했다. 목동은 그 검은 물체로 자신의 양에 표시를 했다고 한다. 인류 역사상 최초로 흑연을 사용한 예였다. 그러나 흑연이 발견되고 바로 연필이 탄생한 것은 아니다.

"흑연 사세요, 흑연! 빵조각으로 지울 수도 있는 흑연이요!"

1610년까지 런던 거리에서는 흑연 장사꾼들의 외침 소리를 일상적으로 들을 수 있었다고 한다. 요즘 문방구점에서 연필을 파는 것처럼 흑연을 팔았던 것이다. 사람들은 흑연 조각을 종이나 줄로 감아서 썼다. 1714년까지도 흑연 행상들이 활동한 기록이 남아 있다. 오늘날에도 나무로 감싸지 않고 길쭉하고 통통한 흑연으로만 만든 통심 연필이 있다. 예를 들면 카랑다쉬 그라프스톤 같은 것이다.

1719년에 발표한 소설에 왜 연필이 등장하지 않았는지 이제야 알 것 같다. 연필이 오늘날과 같은 형태를 띠게 된 것은 프랑스인 콩테라는 사람이 발명한 콩테기법이 나오면서부터였다. 콩테기법은 흑연과 점토를 혼합해 고온에서 구워 심을 만드는 것이다. 콩테가 파리에서 특허를 받은 해가 1795년이다. 로빈슨 크루소가 최초로 기록한 날짜는 '1695년 9월 30일'이었다. 콩테기법이 발명되기 정확히 1백 년 전이니 로빈슨에게 연필이 있었을 리가 없다. 만약 로빈슨 크루소에게 연필이 있었다면 그의 무인도 생활은 어떻게 달라졌을까.

로빈슨이 귀한 잉크를 찍어 처음으로 작성한 것은 '그래도 다행인 점' 목록이었다.

나쁜 점. 무섭고 외로운 무인도에 표류했고, 구조의 희망이 보이지 않는다.
좋은 점. 다른 선원들은 모두 죽었지만, 나는 살아남았다.

나쁜 점. 세상 사람들과 떨어져 외톨이가 되었다.
좋은 점. 굶거나 아무것도 가진 것 없이 황무지에서 죽어가는 건 아니다.

나쁜 점. 몸을 덮을 옷가지조차 없다.

좋은 점. 옷이 필요 없을 만큼 더운 곳에 있다.

나쁜 점. 다른 사람이나 맹수가 공격해올 경우 방어할 수단이 없다.

좋은 점. 해를 끼칠 법한 맹수가 보이지 않는다. 아프리카 해안에 표류 안 한 게 얼마나 다행인가?

나쁜 점. 이야기를 나누거나 나를 위로해줄 사람이 없다.

좋은 점. 신께서는 놀랍게도 배를 해안에서 가까운 곳까지 보내주셨다. 필요한 물건을 죽을 때까지 쓸 수 있을 정도로 잔뜩 챙길 수 있었다.

뒤이어 로빈슨은 말한다.

"적어놓고 보니 이것은 아무리 세상에서 제일 불행한 상황에 빠진다고 해도, 반대로 감사해야 할 것이 전혀 없는 경우는 드물다는 것을 보여주는 확실한 증거였다."

현대 긍정심리학의 조상으로 삼아도 좋을 정도로 로빈슨 크루소는 절망적인 상황에서도 희망적인 것들을 꼽아보려 애쓴다. 막연히 생각에 그치지 않고 몸을 움직여 펜으로 구체적으로 써본 뒤부터 로빈슨은 이전과는 다른 사람이 된다. 비로소 상황을 직시할 마음의 여유를 갖게 된 것이다. 행여나 배가 지나가지 않을까 하는 생각에 바다만 바라보던 짓도 그만 뒀다.

"그 자리에 앉아 있지도 않는 걸 바라는 건 의미 없는 짓이었다."

그는 마침내 자신의 상황을 받아들이기 시작했다.

손으로 직접 쓰다 보면 자신의 몸과 먼저 소통함으로써 현실을 객관적으로 볼 수 있게 된다. 나의 현재 좌표를 알아차리는 것. 여기서부터 정확한 현실 인식과 대안 모색이 시작된다. 알아차리는 순간, 격렬했던 최초의 충격은 진정되고 '좌절한 인간'에서 '행동하는 인간'으로 나아갈 수 있는 기운을 얻는다.

나도 로빈슨 크루소 목록을 작성해보았다.

나쁜 점. 사람들이 점점 책을 안 읽는다.

좋은 점. 흑연이 발견된 뒤, 수백 년 동안 수많은 필기구가 발명됐다. 최악은 복사기의 발명과 컴퓨터의 등장이었다. 그러나 연필은 지금까지 살아남았다. 책도 그럴 것이다.

나쁜 점. 냉장고 문을 왜 열었는지 깜박하는 순간이 잦고, 체력도 약해졌다.

좋은 점. 적어도 노력하면 늦추거나 향상시킬 수 있는 문제들이다. 온전한 육신과 정신, 그리고 바르게 기능하는 오감으로 세상을 경험할 수

● 쓰고 나서 아무런 변화가 없어도 괜찮다.

적어도 무언가를 했다는

　　　　최소한의 후련함과 안도감만 있어도

　　　　　　　　　　　　괜찮다.

있다는 것은 얼마나 큰 축복인가. 선물 같은 시간을 여물게 알아차릴 것.

이제 처음의 질문으로 돌아가본다. 연필을 젓가락 삼아 라면을 먹을 것인가, 아니면 식혔다가 손가락을 이용해 먹을 것인가. 라면은 막 끓였을 때 먹어야 제 맛 아니던가. 생활을 장식해주던 번잡한 것들이 다 떨어져 나간 뒤 우리는 가장 본질적인 질문과 마주하게 된다. 나는 살아남기를 원하는가. 또 어떤 모습으로 살아가기를 원하는가.

라면을 먹은 뒤, 연필을 잘 닦아 말려야 하리라. 그리고 깎아서 종이에 기록해야 할 것이다. 마지막 라면 맛이 어땠으며, 그곳의 풍경은 어떠한지. 황무지에 혼자만 살아남은 기분이 어떤지, 내게 어떤 가능성이 남아 있는지.

현재의 상황을 연필로 써본 뒤 더 우울해질 수도 있다. 그러나 최소한 그 우울의 정체가 무엇인지는 파악할 수 있을 것이다. 삶에 대한 애착이 어느 정도인지, 외로움과 두려움에 얼마만 한 내성이 있는지, 어려운 상황에서 드러나는 나란 인간은 어떤 모습인지.

쓰고 나서 아무런 변화가 없어도 괜찮다. 적어도 무언가를 했다는 최소한의 후련함과 안도감만 있어도 괜찮다. 좋지 않은 상황에서 몇 줄 기록이라도 남기는 것은 위대한 책을 한 권 쓰는 것에 비해 결코 하찮은 일이 아니다.

마음을 내려놓으려
연필을 들다

처 음 뵙 겠 습 니 다 .
연 필 이 나 한 자 루
깎 을 까 요 ?

————————— ,

    카페 탁자 너머에 오늘 처음 만나는 이가 앉아
있다. 우리는 십 분 전만 해도 거리에서 마주치더라도 알아보지 못할
사이였다. 이메일만 몇 번 주고받았을 뿐이니까. '자줏빛 목도리를 하
고 갈게요.' 메일에서 말한 대로 그녀는 자줏빛 목도리에 긴 스커트를
입고 나왔다.
    우리의 인연이 시작된 것은 몇 년 전 그녀가 자신이 쓴 첫 책을 보
내오면서였다. 생업으로는 건축 일을 하면서 사진, 그림, 여행, 글쓰기
등 여러 방면에 관심을 지닌 J는 몇 년 뒤 두 번째로 펴낸 책을 보내왔

다. 그러면서 '언제 차라도 한 잔……' 하자고 얘기를 꺼냈다. 부담 없이 오가는 이런 인사가 현실로 이뤄지는 경우가 얼마나 될까. '바람과 함께'가 아니라 '차라도 한 잔'과 더불어 사라진 숱한 관계들이 떠올랐다. 그녀로선 머나먼 장래를 가정하고 던진 말이었을 차 한 잔의 약속이 그렇게 해서 실현됐다.

약속 날짜까지 며칠 남았을 때 나는 그녀에게 어떤 연필을 주로 쓰는지 물어봤다. 그림 그리는 취미를 지닌 건축가는 과연 어떤 연필을 쓸지 궁금해서였다. 허락을 얻어 그녀가 보내온 이메일을 옮겨본다.

곰곰이 돌이켜보니 어렸을 때 저도 연필들을 모으는 수집벽이 있었네요. 그때는 새로운 캐릭터, 반짝이, 지우개가 달려 있거나, 길이가 보통보다 길거나 통통한, 조금 특별한 연필들을 모아서 쓰지도 않고 고이 간직했었어요(그런데 그 연필들은 지금 어디로 갔을까요?). 볼펜대에 끼워 쓰던 몽당연필에 대한 추억도 있고요.

건축을 시작하면서 가장 익숙해진 연필은 지우개가 달린 노란색 스테들러 연필이에요. 그림을 그릴 때는 톰보우 4B나 파란색 스테들러를 쓰기도 하지만 설계를 할 때는 노랑이 스테들러 HB가 갑이었던 것 같아요. 스케치를 하거나 도면을 그릴 때는 지우고 다시 그릴 일이 많으니, 지우개가 달린 녀석이어야 하고요.

처음 설계 일을 시작했을 때 볼펜이나 사인펜으로 도면을 그리면 혼이 났어요. 설계라는 것이 끊임없이 고민하며 새로 그리고 고쳐나가야 하는 작업인데, 지울 수 없는 도구로 그리면 생각이 한정되어버린다고요. 그런 사소한 것들이 건축과 작업에 대한 기본 태도를 형성하는 바탕이 돼주었어요.

건축은 어떤 도구를 사용하느냐에 따라 생각도 결과물도 달라져요. 요즘은 학교에서도 캐드나 포토샵 스케치업 등의 컴퓨터 프로그램을 많이 사용하는데, 제가 학교 다닐 때(99학번)는 수작업을 많이 했어요. 손도면은 선의 두께가 일정한 두께를 유지해야 되기 때문에 연필이 아니라 흑연심을 홀더(파란색 스테들러나 초록색 파버 카스텔)에 끼워서 사용을 하는데, 깎을 필요가 없는 샤프는 사용하지 못하게 했어요.

같은 두께를 유지하기 위해서 힘의 세기를 유지하고, 또 선 몇 개를 그으면 다시 또 심을 깎아가며 그렸는데, 그 안에 연필심을 깎는 수고와 정성, 힘의 세기를 유지하는 긴장감 같은 것들이 자연스레 들어가게 되었죠. 그래서 도면 한 장을 그리고 나면 마치 명작 하나를 완성한 것 같은 뿌듯함이 있었어요. 그렇게 일종의 가내수공업을 하며 수없는 밤을 새웠네요.

건축학과 1학년 때 도화지 한 장에 완벽한 선 수백 개를 긋기 위해 밤을 꼬박 새우고 기숙사로 돌아가던 그 새벽의 느낌이 아직도 손에 잡힐

듯 생생해요. 요즘은 글을 쓰거나 그림을 그릴 때 빨간색 색연필(스테들러나 파버 카스텔)을 많이 사용해요. 조금 굵고 거친 질감이 있으면서도 부드럽게 미끄러지는 느낌이 생각의 속도를 따라잡고 마음대로 휘갈기기에도 좋아 저를 더 자유롭게 만드는 것 같아요. 글씨도 색연필을 쓸 때 조금 더 개성이 드러나는 것 같고요.

요즘은 설계도 텍스트로 표현하는 경우가 많아졌어요. 생각을 정리하는 데는 텍스트가 더 도움이 많이 되고, 그림은 그 결과물이나 소통의 도구로 활용이 큰 것 같아요. 이것저것 떠올리다 보니 이야기가 길어졌네요. 작게나마 도움이 되기를요.

메일을 읽는 동안 아직 얼굴도 모르는 그녀가 오래전 알아오던 이처럼 친근하게 다가왔다. 건축학과 학생들이 강도 높은 노동(?)과 밤샘 작업을 많이 하는 것은 알고 있었다. 그럼에도 막상 그쪽에 종사하는 이의 글을 읽으니 세상에 자신만의 개성과 철학을 담은 건물을 탄생시키기 위해 기초 작업을 배우는 이의 열기가 이쪽까지 전해졌다. 연필이라는 필기구가 건축가에게 어떻게 쓰이고 있는지 생기 있게 살아 움직이며 다가왔다.

약속한 날이 되어 우리가 만난 곳은 서울 망원동의 어느 카페. 인사를 나눈 뒤 서로의 공통된 관심사인 여행이며 책 얘기를 나누기 시

낯선 사람을 만나

자연스럽게 대화의 물꼬를 트고 싶다면

연필을 깎아보기를 권한다.

연필을 깎기 위해서는

칼끝에 신경을 써야 하기에

시선을 연필에만 집중해도

무례하게 여겨지지 않는다.

작했다. 그사이에 주문한 식사가 나왔다. 간간이 대화를 이어가며 식사를 했다. 식사가 끝나고 종업원이 와서 그릇을 치우자 우리 앞에는 다시 막막한 공간이 가로놓였다. 후식으로 핫초코를 주문했다. 대화는 대체로 끊이지 않고 이어졌지만, 가끔 공백이 생길 때도 있었다. 아직 서로가 조심스러운 것이다.

내가 그녀 나이일 때 손윗사람과 자연스러운 시간을 보내는 방법은 질문하는 것이었다. 그건 여러 모로 남는 장사였다. 원래 질문은 짧고, 답변은 길게 마련이며 덤으로 뭔가를 얻을 수도 있으니까. 대화의 패턴을 보니 그녀도 지난날의 나와 같은 것 같았다. 어느 순간 그녀는 묻고, 나는 답을 하고 있었다. 내 답이 짧으면 침묵이 그 뒤를 이었다.

"필통 좀 보여줄래요?"

사전에 그녀의 필통 속이 궁금하다고, 예전에는 다른 사람 가방에 어떤 책이 들어 있나 궁금했다면 이젠 필통이 궁금한 사람이 됐다고 얘기해뒀던 터였다. 그녀는 요즘 필통을 잘 가지고 다니진 않지만, 나를 위해 평소 쓰는 몇 가지 필기구를 가져와보겠다고 했다. 그녀는 내가 연필에 미쳐 있다는 걸 알고 있었다.

그녀의 필통에서 스테들러 연필과 색연필, 파버 카스텔 휴대용 연필깎이, 스타빌로 지우개, 형광펜, 막대 자, 줄자, 축적된 도안을 보는 특수 자 같은 것이 쏟아져 나왔다. 몇 가지는 건축가만이 지니는 도구였다. 그녀가 요즘 맡고 있는 설계도면을 꺼내 도구의 쓰임새를 설명해주었다. 그런 것들을 통해 그녀가 하고 있는 일과 그녀에 대해 훨씬 더 풍부하게 알 수 있었다.

나는 색연필을 집어 들고 이리저리 살펴봤다. 나무의 페인팅이 벗겨지고 심이 뭉툭하게 닳아 있었다. 말끔한 새 연필도 좋고 행여 페인팅이 벗겨질세라 조심조심 다루는 것도 좋다. 한편 이렇게 손때 묻은 흔적이 분명한 필기구는 또 다른 정감을 안겨준다.

"미처 깎을 틈이 없었네요."

마치 용모검사에서 지적 받은 학생처럼 그녀가 수줍게 말했다.

"많이 바빴나 봐요. 내가 깎아도 될까요?"

나는 마치 귀 파는 걸 좋아하는 사람이 귓밥 가득한 귀를 발견한 것만큼이나 설레고 흥분됐다. 요즘에 연필을 뭉툭해지도록 쓰는 사람이 드물 듯, 귓밥이 가득한 귀도 여간해선 만나기 힘들다. 귀 파는 걸 좋아하는 사람에게 업계 현황(?)을 들어서 그 정도는 알고 있다. 썩 잘 깎는다고 할 순 없어도 어지간히 연필 깎는 걸 좋아하는 내겐 놓칠 수 없는 기회였다.

나는 돌연 활기에 넘쳐서 카페 냅킨을 펼치고 칼을 들었다. 일단 깎인 면의 기장이 길어지도록 나무를 깎아준다. 다음엔 아랫부분을 깎아 심이 적당히 드러나게 한다. 맞춤하게 심이 드러나면 다시 경사

면을 보기 좋게 다듬어 전체의 균형을 맞춰주면 끝. 내가 연필을 깎는 3단계 방식은 연필 깎기의 기초라고 해도 좋을 만큼 간단하다.

연필을 깎는 동안 우리의 대화는 훨씬 여유가 생기고 자연스러워졌다. 웃음도 간간이 터져 나왔다. 연필 몇 자루와 색연필까지 차례로 깎는 동안 주변의 공기마저 미묘하게 바뀌는 게 느껴졌다. 코끝이 당기도록 건조했던 실내 공기가 축축해지며 한결 숨쉬기 편해졌다. 우리는 과거와 현재를 종횡무진 넘나들며 연필담론을 펼치기 시작했다. 더 이상 누가 묻고 누가 답하는 식이 아니었다. 그녀가 말했다.

"앞으로 어색한 자리에서는 연필을 깎아야겠어요."

"아, 지금까지 어색했어요?"

나는 싱글싱글 웃으며 그녀를 바라봤다.

"아…… 아뇨. 분위기가 더 화기애애해진다는 얘기였어요."

우리는 다시 웃음을 터뜨렸다. 연필에는 확실히 사람 마음을 무장해제시키는 힘이 있다. 정상회담을 시작하기 전, 참석자들에게 연필 한 자루씩 주고 깎게 하면 세상은 훨씬 평화로워질 것이다. 가령 이런 대화가 오가는 남북 정상회담은 어떨까.

"대통령께서는 어떤 연필을 주로 쓰십니까?"

"전 국산품을 애용하는 편입니다. 동아 오피스 연필을 쓰죠. 값도 싸고, 품질도 괜찮아요. 'Korea'가 선명하게 각인돼 있는 것도 마음에

듭니다. 심 마모도가 굉장해서 몽당연필 만드는 재미도 있죠. 위원장 동지는요?"

"스위스에서 공부할 땐 카랑다쉬를 주로 썼죠. 스위스 하면 카랑다쉬 연필 아니겠어요? 필기감도 좋고 만찬장에 나온 귀족 같은 외장이 매력적이죠. 그건 그렇고 북조선의 흑연 매장량이 세계적으로도 손꼽히는 건 알고 계시죠?"

"과거에 북한의 흑연을 산업용으로 수입한 적도 있었죠. 흑연의 용도가 아주 다양하니까요. 하지만 연필심에 쓰는 흑연은 대부분 중국에서 들여온다고 알고 있어요."

'자, 연필을 다 깎았으니 이제 핵문제를 얘기해봅시다' 하며 분위기가 순식간에 냉각될 수도 있다. 그러나 연필이 한번 불어넣어준 훈기는 쉽게 사라지지 않는다. 이건 장담할 수 있다. 서로 연필깎이용 칼을 들고 있지만 이때의 칼은 평화의 보조 도구이다. 연필을 깎고 있는 순간만큼은 누구나 어린아이로 돌아가서 천진해진다. 정신연령이 훅 내려가면서 피가 맑아지고 마음은 마치 8B 심만큼이나 부들부들해진다. 중동, 아프가니스탄, 아프리카 등 갈등 지역의 지도자들이 연필을 몇 자루씩 깎으며 회담하면 좋을 텐데…….

얼마 뒤 카페 탁자 위에는 내가 깎은 몇 자루 연필과 색연필이 나란히 놓였다. 그녀는 연필을 살펴보더니 "이건 쓰기 아까울 것 같은데요” 하고 칭찬해줬다. 연필 깎기의 좋은 점 가운데 하나가 바로 이거다. 내가 즐거웠는데 상대에게 인사를 듣는다는 것. 큰 수고 없이 양편 모두를 만족시킨다는 것.

낯선 사람을 만나 자연스럽게 대화의 물꼬를 트고 싶다면 연필을 깎아보기를 권한다. 연필을 깎기 위해서는 칼끝에 신경을 써야 하기에 시선을 연필에만 집중해도 무례하게 여겨지지 않는다. 또 그런 자리에서는 시간의 이쪽저쪽을 넘나들며 다양한 이야기들이 자연스럽게 흘러나오게 마련이다. 남녀노소 누구를 만나도 괜찮다. 누구나 연필에 관한 추억 하나쯤은 있을 테니까.

처음 만나는 자리가 조심스럽고 어색하다. → 필통을 꺼내 내용물을 보여준다. → 냅킨을 깔고 연필을 깎는다. → 어린 시절 문구 얘기를 나눈다. → 연필 사용 인구가 확 줄어든 것을 안타까워한다. → 자연스럽게 세상사에 대한 의견을 교환한다.

이런 과정을 거치는 동안 타인에 대한 낯가림과 어색함은 한낮의 햇살에 고드름이 녹아내리듯 풀어지고 만다. 더러는 연필에 대해 별 감흥이 없는 사람도 있을 것이다. 그런 경우를 위해 나는 모나미153 볼펜도 한 자루 챙겨 다닌다. 아직까지 스테디셀러로 팔리고 있는 이 볼펜에 대한 추억도 연필만큼이나 풍요롭다는 걸 알기 때문이다.

연 필 깎 기
입 사 식

—————,

　　연필을 즐겨 쓰다 보면 한 번쯤 일본 연필을 거
치게 된다. 이름난 일본 연필들은 심에 기름을 바른 것처럼 매끄럽고
부드럽다. 흑연 자국을 쓱 문질러보면 뭉개지지 않고 번지지도 않는
다. 미술 쪽에 있는 이들이 톰보우나 미쓰비시 연필을 많이 쓰는 것도
이런 이유 때문일 것이다.

　　특히 미쓰비시 하이유니Hi-uni나 펜텔의 CDTCraft Design Technology
같은 연필을 써보면 '음……' 하고 감탄하게 된다. 이물감 없이 미끈
하고 쫀득해 손에 착 붙는 느낌이라고 할까. 당연한 얘기지만 필기감
이 좋으면 생각의 맥이 끊어지지 않아서 작업에 더 집중할 수 있다. 그

러나 이 필기감이란 것이 지극히 주관적인 영역이라 매끄러운 연필보다는 적당히 사각거리는 연필을 선호하는 이들도 많다. 나는 어느 쪽인가 하면 국산이나 독일 연필을 더 선호하는 편이다.

2차 세계 대전을 일으킨 주요국가인 독일과 일본이 연필강국이 된 것은 아이러니한 일이다. 처음에 일본의 연필업체들은 소규모 기계를 가졌을 뿐이어서 대부분을 수작업으로 해결했다. 그러다 1918년부터 독일의 기계를 복제해 사용하면서부터 연필산업이 급격하게 발전하기 시작했다. 1918년 한 해에만 2억 자루의 연필을 생산할 정도였다. 우리나라 동아연필이 1988년에 이르러서야 1억7천 만 자루를 생산하고, 수출액도 100만 달러를 돌파했다는 것을 생각하면 그 격차가 실감난다.

전 세계적인 연필 소비의 감소 추세는 일본이라고 예외가 아니다. 지금은 몇 개의 연필 회사만 남아 옛 영화를 이어가고 있다. 그 가운데 미쓰비시연필주식회사는 회사 이름에 연필이 들어 있는 것에서 알 수 있듯이 1887년에 창립된 이래 지금까지 계속 연필을 생산하는 대표적인 회사이다.

어느 날 신문에서 이 회사의 독특한 입사식 기사를 봤다. 이 행사의 절정은 신입사원이 회사 임원과 선배들이 보는 앞에서 은장도로 연필을 깎는 것이었다. 주어진 연필은 1958년부터 생산되어 지금까지 스테디셀러인 미쓰비시 유니. 신입사원들이 굳은 얼굴로 은장도와 연필 한 자루를 들고 씨름하는 동안 선배들은 돌아다니며 엄지손가락으로 누르라거나 연필과 칼날의 이상적인 각도 같은 것에 대해 조언해준다. 상상해보면 만화 같은 풍경이다.

마침내 연필을 다 깎으면 신입사원은 그 연필을 똑바로 세워 카드에 5년 뒤의 자신에게 남기는 메시지를 쓴다. 나도 때로는 연필을 똑바로 세워 붓처럼 사용해봐서 안다. 이렇게 하면 마치 서예를 하듯 한 획 한 획 정성들여 쓸 수밖에 없다. 일본 회사답게 어쩐지 사무라이 입문식 같은 엄숙함마저 감돌지만 연필회사다운 재미있는 발상이다. 적어도 경영진이 차례로 나와 틀에 박힌 연설을 늘어놓는 것보다는 신선하다. 물론 이 회사도 사장님의 말씀이 빠지지는 않았다.

"마음이 꺾일 것 같을 때, 깎은 연필을 보고 다시 꿈을 가다듬어 노력해달라."

"연필은 스스로 깎지 않으면 사용할 수 없다. 마찬가지로 입사 후에도 노력을 게을리하지 말고 자신을 닦아나가기 바란다."

은장도로 연필 한 자루를 식은 땀 흘리며 깎은 뒤에 이런 말을 들으면 마음에 절실하게 와 닿을 것 같다. "여러분의 어깨에 회사의 운명이 달려 있다"라거나 "업계를 선도하는 리더가 돼 달라"라는 막연한 당부보다는 육체적으로 승화된 말이다. 신입사원 입장에선 지켜보는 눈이 수두룩한 자리에서 연필을 깎고 글을 쓰려니 진땀나겠지만, 바로 그렇기 때문에 자신이 어떤 회사에 첫 발을 내딛었는지 실감하지 않을까.

칠레 출신의 세계적인 작가인 이사벨 아옌데는 어린 시절 자신감이 없는 소녀였다. 키도 작고 외모도 평범해 다른 사람의 관심을 끌 만한 매력이 없다고 스스로 생각했다. 처음으로 댄스파티에 초대받자 이사벨은 아무도 자신에게 춤 신청을 하지 않을 것 같아 참석하지 않으려고 했다. 파티에서 춤 신청을 받지 못한 소녀는 톡톡히 망신을 당했기 때문이다. 그때 라몬 삼촌이 이사벨을 파티장에 데려다주며 말한다.

"다른 사람들은 너보다 더 두려워하고 있다는 걸 잊지 말아라."

이 말은 낮은 자존감으로 움츠러들었던 10대 소녀에게 용기를 불어 넣어줬다. 소녀 이사벨은 마침내 파티장의 문턱을 넘었고, 얼마 지나지 않아 한 소년에게 춤 신청도 받았다. 모두들 곱고 멋지게 차려입고 아무렇지 않은 척하지만 이 지상에 붙들린 사람은 누구나 두렵고 외롭고 아프다. 이 간단한 진실이 일으키는 마법을 이사벨 아옌데는 훗날 작가가 돼서도 잊지 않았다.

단독자로서 고독하게 맞서야 하는 순간마다 나도 라몬 삼촌의 말을 되새기곤 한다. 그래도 겁이 날 때는 이사벨 아옌데의 딸 파울라(20대 후반 나이에 일찍 세상을 떠났다)가 엄마에게 해줬다는 조언을 떠올린다.

이사벨 아옌데가 미국의 한 대학에서 소설을 가르칠 때였다. 학생들이 좋은 글을 쓰고 싶다는 열망 때문에 소설 쓰기를 힘들어한다고 하자 딸이 말한다.

"나쁜 책을 쓰라고 해요. 그건 쉽거든요. 글 쓰고 싶은 사람은 누구든지 할 수 있어요."

이 말이 가져온 효과에 대해 작가는 이렇게 썼다.

학생들 각자는 위대한 아메리카 소설을 쓰겠다는 헛된 허영심을 잊어버리고 즐거운 마음으로 글을 쓰겠다며 겁 없이 뛰어들었다. …… 그때부터 나는 슬럼프에 빠질 때마다 나쁜 책을 쓰겠다고 다짐했으며 그러면 그 두려움도 이내 사라져버렸다.

—《파울라》

나쁜 책을 쓰겠다고 다짐했건만 이사벨 아옌데는 좋은 소설을 꾸준히 발표했다. 나쁘게 돼도 상관없다는 가벼운 마음이 오히려 어깨의 힘을 빼고 편하게 쓰도록 해줬을 것이다. 무심하면 두려움도 없는 법이다.

● "다른 사람들은

너보다 더 두려워하고

있다는 걸 잊지 말아라."

나쁜 책을 쓰겠다고 다짐하면서 기운을 내는 작가나 태어나서 처음으로 연필을 깎는 아이처럼 긴장하며 은장도를 쥐는 미쓰비시연필 주식회사의 신입사원들은 바보가 될 준비가 된 사람들이 아닐까 생각한다. 여기서 바보란 어리석고 아무 생각 없는 사람을 말하는 게 아니다. 지식과 남의 시선, 권위의 무게에 짓눌리지 않는 강단과 여유가 있는 사람을 뜻한다. 바보는 초심자가 되기를 두려워하지 않는다.

유도의 창시자 가노 지고로는 늙어서 죽음이 가까워지자 제자들을 불러 모으고 다음과 같은 유언을 남겼다.

"내가 죽으면 흰 띠를 둘러 묻어다오."

가노 지고로는 세계 최고의 유도 고수였다. 최고 고수가 초심자가 매는 흰 띠를 원하다니. 제자들은 스승의 당부를 이해할 수 없었다.

"죽음은 처음 입문하는 세계이니 당연히 흰 띠지."

그제야 제자들은 스승의 깊은 속내를 알아차리고 고개를 숙였다. 살아서 어떤 성취를 했건 죽음의 순간에는 누구나 초심자가 된다. 세계 최고의 유도 고수는 인간이 잊지 말아야 할 궁극적인 겸손함을 일깨워준 것이다.

현자는 흔쾌히 바보가 되려 하고 어리석은 사람은 능숙함을 뽐낸다. 최고의 경지에 이른 순간에도 이제 막 입문한 사람의 자세를 잊지 않는 것. 기꺼이 바보가 되어 매 순간을 '나는 오직 내가 아무것도 모른다는 것을 알 뿐이다'의 자세로 사는 것. 이것이 핵심이다.

연필을 능숙하게 깎지 못해도, 나쁜 책을 써도 괜찮다고 다독이며 나는 아침마다 연필 한 자루를 깎는다. 나만의 입문식이다.

한 밤 의
연 필 테 라 피
————— ,

학창시절에 아는 사람의 전시회나 시화전에 가
면 액자 귀퉁이에 초콜릿이나 연필 한 자루를 붙여놓곤 했다. 부조라
면 소박하고 수수한 부조였다. 초콜릿 안쪽 포장지에 짤막한 글을 써
서 다녀갔다는 표시를 남기기도 했고, 누구인지 밝히지 않은 채 그냥
붙여두기도 했다. 액자 옆에 훈장처럼 달라붙은 것들이 많을수록 인
기가 많은 작품이거나 친구가 많다는 뜻이었다.

고등학교 시절 문예부였던 나는 세 번의 가을 전시회를 치렀다.
각 동아리 몫으로 교실 한 칸이 할당됐는데, 그곳을 꾸미는 것은 오롯
이 우리들의 책임이자 권한이었다. 언제부터 시작된 것인지 몰라도

문예부의 환경미화는 해마다 비슷했다. 책걸상을 모두 꺼내서 다른 교실로 옮긴 뒤 한바탕 쓸고 닦는다. 그런 다음 벽돌 모양의 벽지를 사다 벽의 중간까지만 붙였다.

그 다음이 중요했다. 운동장으로 몰려가 낙엽을 모으는 것이다. 대개는 그 해의 신입생인 1학년이 맡아 했지만, 10대 후반의 여자 아이들에게 낙엽이란 묘한 동경과 애수의 대상이어서 간혹 2, 3학년들도 그 일에 동참하곤 했다. 가을 햇볕이 저물어가는 오후에 낙엽을 쓸어 모으며 우리는 10대의 한 시절이 저물어가고 있음을 후각과 촉각으로 확실하게 깨닫곤 했다. 떠들썩한 기세로 모아 온 낙엽은 네 벽의 아래에 깔았다. 벽에 걸린 액자와 액자 사이로 이동하다 보면 자연스럽게 낙엽을 조금은 밟을 수밖에 없다. 이렇게 꾸며 놓은 전시장은 입구에 들어서면 낙엽 냄새가 먼저 확 안겨들어 취하게 만들었다. 일단 시각과 후각으로 마취를 시킨 뒤, 낙엽을 밟는 발의 감촉으로 마무리하는 식이었다.

한쪽에선 휴대용 카세트테이프 기기를 동원해 분위기 있는 음악을 깔아두고, 시를 쓴 주인공들은 한복을 입고 전시실에 서 있었다. 간혹 시에 대해 궁금한 사람들이 작자를 불러달라는 요청이 들어오기 때문이다. 축제가 열리는 동안에는 학교를 개방하기에 다른 학교 학생들도 자유롭게 드나들었는데 대부분 이런 요청은 남학생들이 해왔다. 진지한 얼굴을 한 남학생이 자신의 액자 앞에 오래 서성이면 우리는 은근히 설레거나 긴장해서 심장박동이 빨라졌다. 알 듯 모를 듯 써 놓은 시일수록 해설 요청을 자주 받게 된다.

"이 구절은 어떤 의도에서 쓴 건가요?"

"아, 그건요……."

지금 생각해보면 영화 〈순수의 시대〉에나 나올 법한 풍경이다. 한복을 입고 조신하게 서서 자신의 시를 설명하는 여고생이라니. 전통 찻집 주인도 아니고 왜 꼭 한복을 입어야 하느냐고 어느 겁 없는 신입생이 물었다면 선배 중 하나는 답했을 것이다. 그게 외부 손님을 맞는 예의라고. 어쨌거나 진지하고 순진하고 엄숙했던 전통의 하나였다.

그뿐인가. 한복차림 그대로 배경음악에 맞춰 시 낭송회도 했다. 몇 년 뒤엔 교복을 입는 것으로 바뀌었으나 내가 다니던 시절에는 한복을 입었다. 나는 방문객이 뜸한 틈을 타 한복치마 끝단으로 바닥을 쓸고 다니며 친구들이 속해 있는 미술부라거나 서예부 전시장을 구경하곤 했다. 친한 친구의 작품에는 사탕이나 초콜릿을 붙여 놓고 '작품 좋다'거나 '수고했어' 같은 짤막한 인사를 남겨 놓고 왔다. 우리들 사이에선 그게 의리이고, 우정의 표현이었다.

대학교 때는 딱 한 번 시화전을 했다. 내가 속한 동아리에서 한 전시회였다. 외국어대에서 예술대로 진입하는 좁은 길에 서양화과와 동양화과에서 빌린 이젤을 세워 놓고, 그 위에 패널을 얹어 놓았다. 당연히 한복 같은 건 입지 않았다. 시를 쓴 사람을 불러서 설명해달라는 사람도 없었다. 나는 전시회와는 전혀 무관한 듯 태연한 얼굴로 패널이 양쪽으로 늘어선 길을 지나다녔다.

전시 기간은 사흘쯤이었을 것이다. 마지막 날 저물녘에 각자의 패널을 걷어오는데 내 것에 연필 한 자루가 붙어 있었다. 누가 붙여 놓은 것인지 단서도 없었다. 평범한 디자인의 HB 연필이었다. 90년대였으니 당연히 국내산 연필이었을 것이다. 스카치테이프로 붙여 놓은 연필을 떼어 이리저리 살펴보다가 가방에 넣어뒀다. 그때는 몰랐다. 그 연필을 지금까지 간직하게 될 줄은.

지금은 7.5센티미터의 길이로 꽤나 짤막해지고 만 연필. 집중해서 쓰면 몽당연필로 만드는 것쯤은 쉬운 일이다. 그러나 그런 일은 없을 것 같다. 나는 시간의 더께가 묻은 사물에 모진 편이 못된다. 그 연필을 붙여 놓은 사람이 누군지는 나중에 알게 됐다.

"난 줄 몰랐단 말이야?"

상대는 어이없어했고 나는 김이 새서 "그럼 그렇지" 했다. 이어지는 "뭘 기대했는데?"라는 질문에는 딴청을 피웠다. 당시 전시하던 곳은 연극영화과, 사진과 학생들도 다니는 길목이었다. '혹시 섬세한 감성을 지닌 미래의 배우나 감독, 혹은 사진가가?' 했지만 역시나, 였다.

나는 연필의 주인공을 못 알아본 것이 미안한 나머지 그 연필을 무척 소중히 대하는 '척'했다. 필기구꽂이에 늘 꽂아두고 여간해선 쓰지도 않은 채 고이 모셔두고 가끔씩 완상했다. 그러는 사이에 나도 모르게 정말로 아끼게 돼버렸다. '척'이 지극하면 '착着'이 된다. '별 것' 아닐지라도 마음을 담으면 '별의 것'이 된다. 심리학자이자 철학자인 윌리엄 제임스의 '때로는 사실에 대한 믿음이 사실을 창조해낼 수도 있다'는 가정원칙은 탁월한 통찰이었다.

그 연필은 너무나 평범해서 비슷한 길이의 연필을 여러 개 늘어놓으면 단번에 눈길을 끌지는 않는다. 나무의 속살은 연한 핑크빛에 가깝다. 심 경도는 'HB심이란 이 정도의 진하기를 말합니다' 하고 전시할 일이 있다면 모델로 내세울 만큼 전형적이다. 연하지도 진하지도 않다. 적당하게 사각거리고 거칠지도 매끄럽지도 않다.

그로부터 수년의 세월이 지나갔다. 인생의 하고많은 덫 가운데 하나에 걸려 버둥거리던 어느 날 밤, 자려고 누웠다가 벌떡 일어났다. 도저히 그냥 잠들 수 없을 것 같았다. 뭔가 치명적인 것을 지나쳐 왔고, 다시는 원래처럼 회복될 수 없을 것 같다는 느낌이 들었다. 누군가 스펀지를 마구 집어넣은 것처럼 가슴이 답답했다. 술을 한 잔 할 수도 있었으나 내키지 않았다. 집에는 정신을 빼앗길 만한 TV도 없고, 밖에 나가 어슬렁거리기엔 너무 늦었다. 아니, 그 순간에는 모든 것이 마땅

찮았다. 오직 단 한 가지 행위만이 나를 구원해줄 수 있을 것 같았다.

침대에서 빠져나와 책상 앞으로 갔다. 스탠드를 켜고 깨끗한 종이를 한 장 꺼냈다. 하루를 마감할 때쯤 그날 사용한 연필은 모두 깎아놓기에 책상 위의 연필은 막 미용실에 다녀온 여자들처럼 말끔한 용모로 누워 있었다. 그때 내 손에 잡힌 것이 공교롭게도 바로 대학시절 시화전 때 받은 그 오래된 연필이었다. 나는 세간을 떠날 결심을 굳힌 예비 납자의 기세로 써나갔다.

놓을 수 없을 때조차 놓아라.
도저히 포기할 수 없을 때 한 번 더 포기하라.
더는 견딜 수 없을 때조차 견뎌라.

여기까지 쓴 뒤 연필을 바라보았다. 꾹꾹, 눌러쓰느라 단 세 줄의 문장이 흘러나왔을 뿐인데도 연필심은 닳아 있고 피로해보였다. 이 연필을 준 이가 지금 내가 어떤 마음으로 이 문장들을 썼는지 알면 뭐라고 할까. 아니, 연필 따위는 까맣게 잊었겠지.

거대한 장막에 지나온 시간이 펼쳐진 것을 본 것처럼 어지러웠다. 세월이 흘러도 어떤 종류의 고통은 되풀이된다. 어떤 어리석음은 좀처럼 바로잡아지지 않는다. 마음을 준 대가란 가혹하고 빈틈없는 것

도저히 포기할 수 없을 때

한 번 더 포기하라.

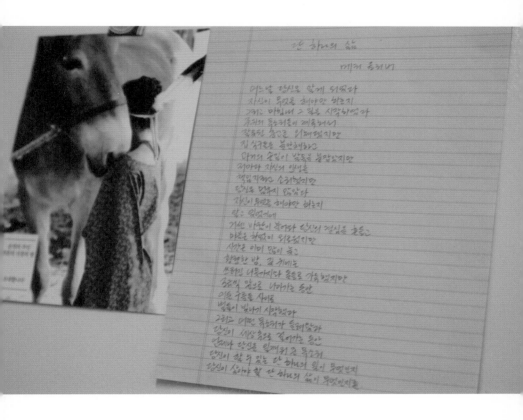

더는 견딜 수 없을 때조차

견뎌라.

이어서 치러야 할 만큼의 피를 흘려야 놓여난다. 불가에서는 이런 상태를 반복해 겪는 이를 가리켜 '중생'이라고 한다. 그 옛날 시화전에서 한복을 입고 알쏭달쏭한 시에 대해 설명하던 시절에는 짐작조차 못했던 사실이 선지처럼 굳어가는 밤의 한가운데서 출렁였다.

연 필
실 종 사 건

—————,

불문학자이자 문학평론가인 황현산 선생의 산
문집 《밤이 선생이다》를 읽다가 잠시 숨을 골랐던 대목이 있다. 저자
의 글맛을 그대로 전하기 위해 일화를 그대로 옮겨본다.

한 학생이 연필 한 자루를 도둑맞았다. 교사는 교실의 문을 닫아걸고
학생들에게 책상 위에 올라가 무릎을 꿇고 앉으라고 했다. 모두 눈을 감
으라고 했다. 연필을 훔쳐간 학생은 손을 들라고 했다. 손을 들면 벌써 자
신의 잘못을 반성한 것이니, 연필만 돌려받고 일체의 죄를 묻지 않겠다
고 부드럽고 엄숙하게 말했다. 시간이 무겁게 흘러갔으나 손을 드는 학

생은 없었다. 굳어지는 어깨라도 잘못 움직였다간 도둑으로 몰릴까봐 몸을 떠는 소심한 아이도 있었다. 교사는 마침내 반장을 불러내서 둘이 함께 학생들의 소지품을 검사했다. 바닷가의 가난한 마을에 사는 한 아이의 책 보따리에서 그 연필이 나왔다. 선생은 비의 자루를 뽑아들고 그 아이를 마구 때리기 시작했다. 학생은 책상 사이로 기어서 몸을 피했으나 매는 등허리와 어깨에 사정없이 떨어졌다. 아이가 두 손을 비비며 소리 질렀다. "미역 갖다줄게, 때리지 마세요. 김 갖다줄게, 때리지 마세요." 선생은 몽둥이를 버리고 밖으로 나가 학교 시간이 파할 때까지 돌아오지 않았다. 교무실에 다녀온 반장이 집에 돌아가도 된다고 말했다. 이 사건은 내가 초등학교 4학년일 때, 우리 반 교실에서 일어났던 일이다. 가난했던 시절이다.

위의 소동은 1945년생인 선생이 1956년에 겪은 일이라고 한다. 한국전쟁이 끝난 지 얼마 지나지 않은 그 무렵 연필은 귀한 공산품이었을 것이다. 원래 전쟁이 일어나면 연필 같은 필기구의 가치가 올라가게 마련이다. 연필은 언제 어느 곳에서나 휴대할 수 있고, 잉크를 채워 넣을 필요도 없기 때문이다. 실제로 1861년 미국에서 남북전쟁이 일어났을 때 연필의 수요가 폭발적으로 늘었다고 한다. 병사들이 집에 편지를 쓸 때 연필을 사용했기 때문이다. 당시 잉크 한 병 값은

3달러에 달했고, 비싼 값을 치르고 구한다 해도 전쟁터에서 잉크병을 휴대하고 다닐 수는 없었다.

1956년에 한국의 시골 작은 학교에서는 연필 한 자루가 없어졌다고 한바탕 소동이 인다. 요즘은 교실에서 잃어버린 연필의 주인을 찾아도 아무도 나서지 않는다는데 그 시절에는 연필 한 자루의 위상이 달랐다. 연필을 훔친 아이가 두 손으로 싹싹 빌며 한 말에 나는 가슴이 녹아내렸다.

"미역 갖다줄게, 때리지 마세요. 김 갖다줄게, 때리지 마세요."

당시 연필이 국내에서 생산되고 있었다고는 해도 품질은 오늘날에 미치지 못했을 것이다. 1938년생인 시골 아버지는 "나무가 아니라 색연필처럼 종이로 둘둘 말아져 있고, 한 번 부러지면 계속 부러졌던 연필"을 썼다고 기억하셨다. 1956년에는 그만큼 조악한 연필은 아니었을지 몰라도 종이를 찢기 일쑤인 연필이었을 가능성이 크다. 그런 연필 한 자루를 훔치고 몽둥이 세례를 받은 것이다.

내가 소년의 말에 깊이 공명하는 이유는 나도 섬에서 살아본 적이 있어서다. 그래서 섬사람들에게 미역과 김이 어떤 의미인지 안다. 그것은 바다에서 나는 해조류 채취물이라기보다는 차라리 생존 자체라고 할 수 있다. 섬사람들에게 겨울은 특히 바쁘고 혹독한 계절이다. 바다에서 불어오는 바람은 냉동고의 기류처럼 냉랭하고 바닷물은 뼈가 아리도록 차다. 그 속에서 김을 뜯어와 집으로 옮겨 깊고 넓은 통에 바닷물과 함께 넣는다. 대나무로 만든 발에 액자 같은 틀을 놓은 뒤 바가지로 김을 떠서 붓는다. 대나무발에서 물기가 빠져나가면서 김이 발에 들러붙는다. 그런 뒤 김발을 볕 바른 쪽에 세워 둔 짚벽까지 옮긴다. 그리고 대나무침을 꽂아 고정시켜 햇볕에 말린다.

어느 과정 하나 찬물과 바람을 피할 수 있는 게 없다. 오직 마른 김발을 걷어와 뜰 때나 실내 작업이 가능했다. 100장씩 겹친 뒤 대패로 울퉁불퉁한 측면을 매끈하게 다듬어 흰 종이로 단정하게 감싸는 노동을, 어린 나는 경이에 찬 눈으로 바라보곤 했다. 요즘은 공장에서 기계가 힘든 일을 대신하는 경우가 많지만 내가 어렸을 때만 해도 공정 하나하나를 손으로 해야 했다.

미역을 채취해 가공하는 것도 겨울에 성수기를 맞는다. 읍내 미역 공장은 언제 찾아가도 일자리를 구할 수 있었다. 미역줄기를 날카로운 송곳 같은 칼끝으로 잘게 찢어 노란색 바구니에 담으면 1킬로그램당 정해진 값에 돈을 쳐주었다. 그렇게 가느다랗게 찢은 미역은 소금을 넉넉하게 넣고 버무려서 일본에 수출했다. 자신이 일한 만큼 벌 수 있는 성과급제였고, 딱히 경력을 따지지 않는 일이어서 거동할 수 있는 어촌 부녀라면 누구나 공장에 다녔다. 그리고 겨우내 어느 집 밥상에나 미역줄기 볶음이 올라왔다.

수십 명의 아주머니들이 앉아서, 또는 서서 신들린 듯 미역줄기와 씨름하는 풍경은 장관이었다. 짠기 어리고 비릿한 냄새가 미역에서가 아니라 그들의 몸, 그들의 인생에서 풍겨 나오는 것 같았다. 읍내 미역 공장 곁을 지날 때면 나는 덮칠 듯이 우람하게 쌓여 있는 미역산山에 경탄하고, 한편으론 압도되었다. 낱낱이 찢어 발겨서 소금에 절여야 할 평생의 과제가 거기 다 모여 있는 듯했다.

선생들은 아이들이 공부를 게을리하면 "미역 공장이나 갈래?"라고 위협하듯 말했다. 미역 공장 일은 몇 시간만 해도 어깨가 빠질 듯이 아프고, 허리도 쑤시고, 손가락 끝은 추위에 트고 갈라져 피가 나는 고된 노동의 상징이었다. 숙련된 노동자가 되기까지는 파스와 반창고를 동반한 세월이 필요했다. 그럼에도 철없는 나와 친구들은 '와, 재밌겠다!'며 당장 책가방 싸서 학교를 떠나라는 허락이 떨어진 것처럼 설렜다.

섬에서 나는 3년 남짓을 살았을 뿐이다. 그러나 그 시절의 풍경들, 예컨대 바람이 거센 날이면 이웃한 섬에서 통학하는 친구의 책걸상이 비어 있던 모습, 어선들이 정박해 있던 선착장 앞에서 날아다니는 갈매기들, 장마철에 언덕처럼 커다랗게 부풀어 올라 무서운 기세로 방파제를 때리던 파도 같은 것들이 내 기억의 방을 풍성하게 채우고 있다. 어린 시절 바다를 끼고 자란 사람과 그렇지 않은 사람 사이에는 뚜렷한 차이가 있다고 생각한다. 육지와는 다른 삶의 질료가 지배하는 곳에서 채집한 추억들이 영혼의 표정을 미세하게 다른 각도로 빚어낸다고 할까.

어른이 된 뒤 나는 섬을 경험한 적 없는 사람들에게 들려주곤 했다. 바닷가에는 굴이 다닥다닥 붙은 바위가 지천이었고, 놀다가 허기지면 날카로운 돌로 굴을 캐서 바닷물에 한 번 헹궈서 먹었다고. 여름 방학 숙제로 채집 표본을 만들기 위해 빨랫줄에 널어놓은 미역과 다시마를 옆집 아저씨가 알뜰하게 걷어서 라면 냄비에 넣고 만 가슴 아픈 추억도 빼놓지 않았다. 넉넉한 집 아이들은 학교 앞 문방구점에서 곤충 채집 표본 같은 것을 사기도 했지만 나는 그럴 형편이 아니었다. 다시 재료를 마련하기 위해 바닷가로 뛰어가면서 분하고 어이없어서 얼마나 울부짖었던지.

내 얘기를 가만히 듣는 축은 주로 도시에서 태어나고 자란 사람들이었다. 산골에서 자란 이들은 즉각 반격을 해왔다. 동네 곤충이란 곤충은 다 잡아서 채집 숙제를 해놓으면 개미가 새카맣게 몰려와서 다 파먹어버렸다고. 개미한테는 화도 못 내니 차라리 옆집 아저씨가 먹어치우는 게 낫다고. 산에 놀이 삼아 올라가 더덕 캐고 송이버섯 따고 도토리 줍는 것이야말로 채집의 백미라고 자신 있게 선언했다. 자연을 피부로 감각으로 접촉하며 자란 사람들끼리 나누는 대화는, 이제 우리에겐 잃어버린 것들에 대해 얘기하는 세월이 더 길게 남아 있을 거라는 우울한 예감에도 불구하고, 늘 유쾌했다.

황현산 선생의 글에서 또 하나 눈에 띄는 것은 선생님이 매타작을 한 다음 사라졌다는 언급이다. 비명처럼 터지는 아이의 말을 듣고 가슴에서 알 수 없는 불길이 치솟아 도저히 학교에 앉아 있지 못했던 건 아닐까. 산다는 일이 참담하게 여겨진 나머지 바닷가를 거닐거나 선착장 근처 술집에서 낮술을 기울이지 않았을까. 선생이라는 체면 때문에 차마 그러지 못했다면 집에 돌아가 방문을 닫고 먹다 둔 막소주를 꺼냈을 것 같다. 아이뿐만 아니라 선생님의 행방에까지 마음이 머무는 것은 이제는 어른의 마음도 헤아려지는 세월로 건너왔다는 뜻이겠다.

그 섬의 유일한 여자중학교로 진학한 봄날, 젊은 여자 담임선생님이 종례 후 나를 교무실로 불렀다. 배를 타고 한참 가야 하는 먼 섬에서 통학하는 다른 아이와 함께였다. 나는 교복 세대가 아니기에 분명 사복을 입고 있었을 테지만 그날의 내 행색과 그 친구의 입성은 기억나지 않는다. 우리는 이제 막 새 학교로 진학해 우연히 같은 반에 배정된 터였다. 그 친구의 이름도, 얼굴도 희미하다. 그러나 선생님이 우리 둘만 따로 부른 데는 공통점이 있었을 것이다.

선생님은 우리 집 형편이 어렵다는 사실을 안 뒤부터 각별한 관심을 기울여주었다. 나는 어느 편이었냐면 나 자신에게서 촉발되지 않은 타인의 관심은 부담스러워하는 쪽이었다. 정확히 말하면 경멸했다고 해야 옳을 것이다. 타인의 연민과 동정으로 내 자신을 불공정한 위치에 세우는 모든 일에 나는 경멸과 환멸로서 방어하려 했다. 바야흐로 성장 호르몬이 왕성하게 분비되던 사춘기였다.

그날 선생님이 옷이 담긴 두툼한 종이가방 두 개를 외딴 섬 아이와 내게 하나씩 쥐어줬을 때도 그랬다. 선생님은 주말에 본가가 있는 인근 도시에 다녀왔는데 친척집에서 안 입는 옷을 가져왔다고 했다. 친구와 나는 어색하게 종이가방을 하나씩 들고 "고맙습니다" 하며 고개를 숙였다.

우리 둘이 교무실을 다녀오는 동안 고맙게도 반 아이들은 모두 집에 가고 없었다. 보는 사람이 없어서 다행이라고 나는 속으로 가슴을 쓸어내렸다. 친구와 나는 여전히 서먹서먹한 얼굴로 교실을 나와 운동장으로 나섰다. 아직 기울지 않은 오후의 봄 햇살이 나비처럼 우리의 머리, 어깨 위로 내려앉았다. 바다 냄새가 그날따라 코끝에 선명하게 다가왔다. 운동장을 중간쯤 왔을 때였다. 나는 돌연 걸음을 멈추고 그 아이에게 내 몫의 종이가방을 억지로 넘겨주고 말았다.

"너 두 개 다 해. 난 필요 없어."

그 아이의 얼굴은 희미해졌지만 그때 짓던 어리둥절하고 난처해

어린 시절 바다를 끼고 자란 사람과

그렇지 않은 사람 사이에는

뚜렷한 차이가 있다고 생각한다.

하던 표정은 잊기 어려울 것이다. "하지만 선생님이……" 하며 거의 울먹이는 목소리로 종이가방을 내게 돌려주려 애쓰던 아이. 나는 뒤돌아서서 성큼성큼 운동장을 가로질렀다. 학교 정문을 통과한 뒤에는 누가 쫓아오는 것처럼 집 쪽으로 달음박질쳤다.

그때 내가 도망치고 싶었던 것은 옷 봉투나, 가난한 섬 친구 때문이 아니었을 것이다. 아직 모든 것이 가능하다고 믿는 내게 가혹하게 현실을 일깨워주는 모든 상황, 또는 운명이 아니었을지. 타인의 관심과 호의를 있는 그대로 행운과 감사의 영약으로 받아들이는 법을 그때는 미처 몰랐다.

만약 그날 선생님이 옷 대신 연필이나 샤프, 볼펜을 줬더라면 그처럼 화가 나진 않았을까. 격려나 상으로 여겨 자존심이 상하진 않았을는지. 연필 한 자루 때문에 혼나던 한 섬 소년이 촉발시킨 기억이 나를 먼 세월 저편으로 끌어당긴다.

1부터 300까지
쓰면서 알아차리기

————————,

연필이나 다른 필기구에 빠진 사람들에게는 공통된 고민이 있다. 쌓이는 속도를 소비하는 속도가 따라잡지 못한다는 것이다. 글을 쓰고, 때때로 좋은 구절이나 시를 필사해도 연필은 더디 닳고, 마음을 뺏는 연필은 계속 나타난다. 연필을 구매하는 이유도 다양하다. 필기감이 궁금해서, 단종된 모델이라서, 도장과 각인이 색달라서, 좋다는 칭찬이 자자해서……. 연필을 좋아하게 된 덕분에 타인의 취향을 한층 더 깊이 이해하고 존중하게 된 것은 긍정적이라 할 만하다. 예를 들면, 예전에는 피규어나 미니카 수집 같은 것을 진심으로 이해하는 편이 아니었다. 지금은 타인의 취미를 보면 얼른 연필로 바꿔 생각한다.

'내게 연필과 같은 존재가 저 사람에겐 그거겠지.'

반면 다른 애호가의 생각은 또 다를 것이다.

'어쩌다 연필 같은 것에 빠졌을까?'

인간이란 어디까지나 본능적으로 자신을 기준으로 이해의 지평을 넓혀가는 존재이다. 이리하여 취향과 취향이 만나고, 인간이라고 하는 갈피 잡기 힘든 종족에 대한 이해가 생겨난다. 세상은 그렇게 돌아가게 돼 있다. 그러니 어떤 취미든 한 가지쯤 지니는 편이 인류 평화를 위해서도 좋은 일이 아닐까 한다.

어느 날 연필을 더 자주 쓸 수 있는 길을 찾았다. 연필 카페에 어느 회원분이 올린 글 덕분이었다. 이 회원분이 중학생일 때 선생님께서 칠판에 1부터 300까지 차례대로 써보라고 제안하셨단다. 단, 숫자와 숫자 사이에 잠깐이라도 멈칫하거나 잘못 쓰면 실격이다. 많은 학생들이 도전했지만 한 명도 성공하지 못했다고 한다. 단순하다면 단순한데, 의외로 집중력이 필요한 일이었다.

나도 한번 도전해보기로 했다. 이면지를 준비하고 연필을 쥐었다. 함께 할 선수로는 몇 가지 연필 가운데 미국 연필인 팔로미노 그라파이트 HB를 간택했다. 깊은 숨을 한 번 몰아쉰 뒤 써나가기 시작했다. 1, 2, 3, 4, 5, 6, 7……. 숫자를 써나가는 동안 처음 생각했던 것보다 엄청난 긴장이 몰려와 깜짝 놀랐다. 안개비를 머금은 구름이 서서히 다가와 온몸을 감싸며 조금씩 축축하게 만드는 것 같다고 할까. 100까지 무사히 쓰고 나자 손바닥에서 땀이 배어나와 연필이 미끌미끌 헛도는 듯했다. 신경이 팽팽해지고 가슴이 뻐근해졌다. 이전의 숫자를 생각해서도 안 되고, 다음 숫자를 앞질러 떠올려도 곤란하다. 오로지 지금 이 순간 쓰고 있는 숫자에 집중해야 했다.

150이 넘어가자 연필을 잘못 선택했다는 걸 알아차렸다. 이 작업을 하는 데는 마모도가 적은 단단한 연필이 더 어울렸다. 아쉽게도 팔로미노는 심이 빨리 닳아서 이리저리 돌려가며 써야 했기에 신경이 쓰였다. 200까지 가는 동안 몇 번의 고비가 올 뻔했다. 다행히 무사히 넘겼다. 숫자가 점점 커지는 것과 비례해 정신도 종이와 바투 밀착해 함께 미끄러져 나갔다.

이번 시도를 하면서 내가 스스로에게 내건 상은 연필을 구매할 수 있는 셀프상품권 발행이었다. '좋아, 이걸 성공하면 새 연필을 살 기회를 주겠어.' 정신을 바짝 차리고 집중한 데는 그것도 하나의 동기가 됐다.

어느덧 250을 넘어 300으로 넘어갔다. 어깨 근육이 굳어가는 것을 느끼면서 새삼스레 나라는 인간에 대한 실마리가 잡히는 것 같았다. 나는 잘해내고 싶은 일을 만나면 육체를 한껏 움츠리며 부담을 주는 유형의 인간인 것이다. 긴장의 강도가 얼마나 센지 다시는 300 쓰기 따위는 하고 싶지 않을 정도였다. 이 세상에서 내가 1부터 300까지 숫자를 쓰는지 아는 사람도 없을 뿐더러 지켜보는 사람도 없다. 설사 299에서 실패한다고 해도 상관없다. 그런데도 그 모양이었다. 숫자를 써나가는 동안 이런 상념이 함께 종이 위를 날아다녔고, 내 자신이 조금은 안됐다는 생각이 들었다. 이런 식으로 안간힘을 쓰며 살아오려니 참 힘들었겠구나.

드디어 299에서 300으로 넘어갔다. 300까지 쓰기가 무척 어렵다는데 벌써 300이네? 목표를 달성했지만 멈추지 않고 내쳐 적어갔다. 어디까지 가나 보자. 끊임없이 계속 될 것 같은 숫자의 행렬은 344에서 멈췄다. 344 다음에 그만 354를 쓰고 만 것이다. 같은 숫자를 연달아 쓸 때 실패할 확률이 높은데 그 함정에 빠지고 말았다. 그래도 첫 시도에 이만하면 잘한 편이다.

숫자가 가득 적힌 종이를 사진 찍어 카페에 인증샷을 올리고, 제목은 '300 쓰기 성공'이라고 달았다. 올리자마자 몇몇 접속해 있던 회원들이 축하한다는 댓글을 달아줬다. 이런 분위기는 매의 눈을 지닌 회원분의 등장과 함께 순식간에 반전됐다.

"222를 빠뜨렸는데요?"

헉, 숨을 삼키며 종이를 다시 살펴봤다. 과연! 221 다음에 행이 바뀌었는데 첫 줄에 222 대신 223을 쓰고 말았다. 와, 역시 대단한 분들이 모인 곳이구나. 나는 감탄했다. 그리고 자신에 대해서는 늘 해오던 대로 실망했다. 숫자를 빠뜨린 것도 몰랐구나. 그럼, 그렇지. 이걸 한 번에 성공할 리가 없잖아. 살펴보지도 않고 올려 망신을 자초하다니. 풍선에서 바람 빠지듯 긴장이 풀리면서 웃음이 새어나왔다.

이렇게 해서 나 자신에 대해 또 다른 정보를 얻었다. 아니, 이미 알고 있던 것을 거듭 확인했다는 편이 맞을 것이다. 덤벙대는 성격이라는 것, 자신감 부족의 이면에 자만심이라는 얼음산을 거느리고 있다는 것. 서둘러 게시물의 제목을 바꿨다. 성공에서 실패로. 이것 참. 300 쓰기는 만만치 않은 수양법이구나. 성공한 이가 드문 데는 다 이유가 있었다.

다음 날 아침, 두 번 다시 300 쓰기 따위는 하고 싶지 않다던 느낌이 희미해진 틈을 타 또 이면지를 놓고 연필을 골랐다. 이번에는 파버 카스텔9000 2B를 선택했다. 2B여도 단단해서 쉽게 심이 닳지 않는 편이다. 심호흡을 몇 차례 했다. 그리고 1부터 차근차근 숫자를 써나가기 시작했다. 전날보다는 훨씬 숨쉬기가 편했다. 한 차례 실패했다는 것이 오히려 땡땡하게 부어 오른 긴장감의 바람을 훅 빼준 듯했다.

전날의 경험을 거울삼아 같은 숫자를 겹쳐 쓰는 부분, 예를 들어,

마음이 아는 일일지라도

그 자각이 몸까지 이르려면

상당한 훈련이 필요하다는 것.

그래서

'안다'는 사실에 사로잡히지 말고

끊임없이 돌아보고

깨어 있어야 한다는 것.

111 다음에 112, 113으로 이어지는 대목, 220부터 229까지의 구간 같은 곳에서는 신경의 현을 조금 더 죄었다. 큰 숫자로 진행될수록 '이게 뭐하는 짓인가' 하는 생각도 넘나들었다. 명상할 때와 똑같았다. 명상 중에도 호흡과 호흡 사이에 숱한 생각이 파도처럼 끊임없이 밀려온다. 그럴 때는 오고 가는 생각이 물결처럼 그저 흘러가도록 내버려 둬야 한다. 오직 할 일이라고는 내가 또 생각에 붙잡혔구나, 하는 것을 깨닫고 다시 호흡으로 돌아가는 것뿐이다. 300 쓰기는 일종의 손을 쓰면서 하는 명상이었다.

300을 넘어 350이 넘어서면서 언젠가는 끝난다는 것을 알면서도 영원히 계속될 것 같은 기분에 압도당하기 시작했다. 긴장감과 지루함이 번갈아 찾아들었다. 영화 〈300〉도 아니고 이 무모한 시도는 뭐란 말인가. '언제까지 계속하지?'와 '금방 끝날 거야' 사이에서 숫자는 계속 1씩 더해져갔다.

잠시 뒤, 오랜 예감이 실현되어 마침내 안도하는 것처럼 나는 실수에 이르고 말았다. 그것도 어이없이. 399 다음에 400을 쓴다는 것이 그만 또 앞자리를 3으로 시작하고 만 거였다. 300 쓰기를 시도하는 사람들이 실수한 지점의 숫자를 어이없다고 생각하는 것처럼 나도 어처구니가 없어서 웃고 말았다. 모든 실수는 저질러지는 시점에선 당당하기 그지없다. 399 다음에 당당하게 또 3을 쓰고 마는 것이다.

머리로는 다음 숫자가 400이란 것을 알고 있다. 그런데 손은 써오던 관성이 있어서 아차, 하는 순간에 3을 쓰고 만다. 이것은 요긴한 은유였다. 마음이 아는 일일지라도 그 자각이 몸까지 이르려면 상당한 훈련이 필요하다는 것. 그래서 '안다'는 사실에 사로잡히지 말고 끊임없이 돌아보고 깨어 있어야 한다는 것. 이런 사실을 1부터 399까지 이르는 동안 알고 있었다고 해도 문제는 쉽지 않다. 몸은 몸대로 고집 센 의지를 지녔기 때문이다. 단 한 순간 멈칫하자 그것으로 게임은 끝나고 말았다. 와, 이거 만만치 않은 수행법이구나. 300을 넘긴 것이 기쁘기도 했지만, 연필을 소모하면서 집중력도 챙길 수 있는 방법을 알게 된 것이 더 좋았다.

이번에도 사진을 찍어 글을 올렸다. 399까지 쓰는 동안 하루치 집중력을 탕진한 것 같아 자가 검열은 못하겠으니 검증을 부탁한다고 썼다. 제목도 성공이나 실패라는 단어는 피해서 달았다. 며칠이 지나도록 빠뜨린 숫자나 잘못된 숫자를 지적하는 댓글이 없었다. 아마도 성공? 지금까지도 그날의 300 쓰기를 그렇게 결론내리고 있다.

다음 날 아침에는 무려 446까지 갔다. 어디까지 이르건 실수는 늘 생각지도 못한 지점에서 일어났다. 447 대신 647을 당당하게 쓰고 만 것이다. 뜬금없이 647이라니. 아마도 446을 쓴 뒤 무심코 끝자리 6을 다시 한 번 쓰고 만 게 아닐까. 내가 썼지만 완전히 이해하지 못하는 숫자가 있듯, 내가 저질렀지만 나로서도 이해되지 않은 숱한 실수들이 떠올랐다.

집중력 향상도 좋지만 300 쓰기가 알려주는 나에 대한 단편적인 정보들에 더 흥미가 일었다. 인간은 죽는 순간까지, 다음 세상이 있다면 그곳에서도 계속해서 자신에 대해 탐구해갈 수밖에 없는 존재라는 것을 숫자가 일러주었다.

두 눈과 마음을 부릅뜨고 있어도 아차 하는 순간 통제에서 벗어나 버리는 인생. 인간이 빚어내는 숱한 사연과 고독은 바로 그 틈에서 새어나와 우리를 알 수 없는 지점으로 데려가는 게 아닐까.

하마터면 연필을
놓을 뻔했다

───────**,**

엘비스 프레슬리의 〈론리 맨lonely man〉이라는 노래에는 이런 가사가 나온다.

"Hopin' always hopin' that someday fate will be kind."

"나는 항상 바라고 또 바란다. 언젠가는 운명이 내게도 친절을 베풀기를."

데뷔하기 전, 낮에는 트럭 운전사로 일하고 밤에는 근처 술집을 돌아다니며 노래를 부르던 엘비스의 젊은 시절이 담긴 것 같은 노랫말이다. 아니, 누군들 그렇지 않을까. 우리 모두는 바라고 또 바라지 않는가. 외로운 운명에 한 줄기 따사로운 햇볕이 비추기를, 최소한 더 나빠지지는 말기를.

여행을 떠날 수 있다는 건 운명이 베풀어주는 친절 가운데 하나일 것이다. 태국 북부의 빠이Pai에서 오토바이 사고를 당하기 전까지만 해도 그렇게 믿었다. 그 전까지 위험한 지역을 오가며 오지 여행을 즐겼지만, 단 한 번도 무슨 일이 벌어지고 말 거라는 두려움에 사로잡힌 적은 없었다. 돌이켜보면 신기한 일이다. 마치 수호천사와 함께 다니듯 안전하게 보호받고 있다고 믿었다. 누적된 피로와 영양 부족으로 건강은 좀 해치겠지만 충분히 쉬면 회복될 수 있을 정도의 온전한 몸으로 돌아갈 거라고 생각했다. 대부분 그 믿음대로 여행을 마치곤 했다.

이번 여행은 달랐다. 나는 채 건강을 회복하지 못한 채로 배낭을 짊어지고 나섰고, 몸이 예전과는 다르다는 사실을 자주 자각해야 했다. 잔소리꾼 친구와 함께 하는 여행 같았다. 내가 쇠퇴해가고 있다는 것을 날마다 귓가에 속삭여 주는 친구. 초대한 적 없건만 여권이나 비행기 티켓도 없이 어느 순간부터 함께 했고, 매순간 나와 동행하는 친구.

그 친구는 자기 몫의 침대를 요구하지 않았고, 음식을 축내지도 않았다. 차라리 살아 움직이는 존재였으면 나았을 것이다. 날마다 무엇인가가 조금씩 나빠졌다. 머리에 미열이 피어오르는가 하면, 허리에 묵직한 추를 달고 다니는 듯 뻐근한 피로감이 따라다녔다. 머리칼이 자꾸 빠지고, 어디서 긁혔는지 알 수 없는 손등과 팔의 상처는 잘 아물지 않았다. 음식을 먹어도 그 열량이 어디로 새는지 배만 부르고 기운은 없는 날, 친구는 또 속삭였다.

'예전의 네가 아냐. 받아들이라고. 이제 더 이상 배낭여행은 무리야.'

'여행은 치유의 기운을 주기도 해. 점점 나아질 테니 두고 봐.'

나는 반박했다. 친구는 빙긋이 웃을 뿐이었다. 적극적인 비판보다 더 음산한 웃음이었다. 빠이에서 오토바이를 배우려고 했던 것도 어쩌면 그 친구의 코를 납작하게 해주고 싶어서였는지 모른다. 빠이라는 여행지가 오토바이나 차 없이는 돌아다니기 힘든 곳이기도 했다. 함께 간 지인에게 오토바이를 배운지 10분 만에 일이 벌어졌다.

지인은 초보자를 가르치느라 힘들었는지 "이제 알겠지?"라는 말을 끝으로 숙소에 가서 쉬겠다고 했다. 나로선 오토바이에 대한 열정이 아직 충분히 발산되지 않았던 터라 멈추기엔 아쉬웠다. 지인을 보낸 뒤 연습을 하기 위해 오토바이를 끌고 숙소 앞 골목으로 나섰다. 약간의 습기를 머금은 햇볕이 머리 위에서 녹은 아이스크림처럼 흘러내리고 있었다. 숙소 앞에 늘어선 아담한 카페 의자마다 외국인 여행자들이 앉아 늦은 아침을 먹고 있는 걸 빼면 골목은 평화로웠다.

배운 대로 오른손 핸들을 가볍게 돌리자 오토바이가 서서히 앞으로 나가기 시작했다. 그렇게 20미터쯤 갔을까. 너무 빨리 달린다는 생각이 들어 왼손의 브레이크를 잡는 순간, 뭐에 씌었는지 오른손의 속도 조절 핸들도 함께 돌리고 말았다. 가속장치와 제동장치를 동시에 작동하고 만 것이다. 지인이 절대 해선 안 된다고 신신당부를 하던 동작이었다. 오토바이는 요란한 소리를 내며 빠른 속도로 돌진하기 시작했다. 등 뒤에서 외국인들이 "어, 어!" 하는 소리가 들려왔다.

나는 머릿속이 텅 빈 상태로 달리다 길 왼편 담장과 커다란 화분을 들이받고 쓰러졌다. 오토바이가 오른발과 오른손을 육중한 무게로 덮으며 쓰러졌다. 순식간에 정적을 깨는 요란한 소리가 났다. "오 마이 갓!" 외국인들이 낮은 비명소리를 내며 자리에서 모두 일어섰다. 동네 주민 몇몇도 집에서 뛰쳐나왔다.

커다란 눈에 반바지 차림의 외국인 남자가 얼른 다가와 오토바이를 세운 뒤 나를 부축해 일으켜 세웠다.

"괜찮아요?"

"아…… 네. 괜찮아요. 오토바이는 부서지지 않았나요?"

엄청난 속도로 충돌했는데도 담장은 멀쩡했다. 화분만 몇 걸음 앞으로 밀려나 나동그라져 있었다. 왼쪽 다리 무릎 윗부분이 찢어져 피가 나고 있었다. 그러나 너무 놀란 나머지 통증을 전혀 느끼지 못했다.

보험까지 가입하고 빌린 것인데도 그 순간 오토바이의 안부부터 챙긴 것은 그래서였을 것이다. 오토바이는 앞부분 플라스틱이 약간 깨졌을 뿐, 겉으로 보기엔 큰 이상이 없어 보였다. 남자가 내 눈을 똑바로 쳐다보며 국제적십자사 직원 같은 인류애를 담아 말했다.

"당신이 가장 중요해요. 잘 살펴봐요. 뼈가 부러진 것 같진 않은지, 걸을 수 있겠는지…… 병원에 데려다 줄까요?"

남자는 침착하면서도 친절했다. 그 상황에서 그보다 더 친절할 수는 없을 터였다.

"바로 저기가 숙소예요. 숙소까지만 데려다 줄래요? 거기에 친구들이 있어요."

남자는 나를 오토바이 뒷자리에 태우고 숙소 마당까지 태워다 주었다. 그때까지도 내가 어느 정도 부상을 당했는지 실감이 없었다.

"오토바이는 이상 없는 것 같네요. 이봐요, 당신이 가장 중요해요. 병원에 꼭 가야 해요."

남자는 다시 한 번 내 눈을 바라보며 다짐받듯 말했다. 나는 고개를 끄덕였다. 고맙다는 인사를 건네면서 물었다.

"어느 나라에서 왔어요?"

"포르투갈이요."

포르투갈. 나는 그 나라 이름을 시간을 들여 속으로 발음했다.

불과 5분 전에 오토바이와 함께 나갔던 내가 피투성이가 돼 돌아오자 지인들은 깜짝 놀라 침대에서 벌떡 일어났다. 치앙마이 선데이 마켓에서 샀던 바지의 왼쪽은 길게 찢어졌고, 그 바람에 옷의 보호를 받지 못한 살이 움푹 팰 정도로 상처를 입었다. 오른쪽 다리와 오른손은 오토바이 무게에 눌리고 긁혀 여기저기 타박상의 자국이 선명했다. 그 길로 지인이 운전하는 오토바이에 실려 빠이 병원 응급실로 갔다.

햇빛이 쏟아지는 여행자 거리에서 나는 눈에 띄게 불행한 일을 당한 사람이었지만 병원에 오자 내 불행의 크기는 급속도로 작아졌다. 빠이는 워낙 오토바이 사고가 자주 일어나는 곳이었다. 목발을 짚고 걷는 서양 남자도 보였고, 어떤 서양 여자는 가까운 이가 큰 사고를 당했는지 진료실 앞 의자에 앉아 어깨를 들썩이며 울고 있었다.

응급실 침대에 눕자마자 놀란 나머지 미처 느낄 새가 없었던 통증이 한꺼번에 몰려왔다. 간호사가 소독약을 듬뿍 묻힌 솜을 상처에 댔을 때가 절정이었다. 자지러지듯이 놀라서 나도 모르게 비명을 지르고 말았다. '쓰라리다'는 것만으로는 설명이 부족한 예리한 고통이 뼛속까지 파고들었다. 워낙 피부가 예민해서 평소 침도 제대로 못 맞는 편인데, 세로로 길게 찢어져 속살이 드러난 상처를 소독하니 오죽했을까. 또 비명을 질러 민폐를 끼칠까 봐 소독하는 내내 손등을 입에 틀어넣어 막았다.

문제는 타박상이 아니었다. 오토바이에 눌렸던 오른손을 제대로 쥐었다 폈다 할 수가 없었다. 뼈가 잘못된 것이 아닐까. 그 순간 가장 먼저 든 생각은 '앞으로 연필을 쥘 수 없으면 어쩌지?'였다. 양손잡이지만 필기구는 오른손으로 쥐는 데다 글 쓰는 것이 업인 내게는 중요한 일이었다. 담당의사는 근육이 놀라서 그런 것이라고 진단했다. 제발 의사의 진단이 맞기를.

"외국 병원의 응급실까지 가보고 여행이 지루할 틈이 없지?"

걱정을 끼친 게 미안해 애써 천연덕스럽게 말하자 지인들은 혀만 끌끌 찼다. 붕대를 감고 약을 타서 다시 숙소로 돌아와 눕자, 잠깐 사이에 무엇인가가 결정적으로 변하고 말았다는 생각이 들었다. 정말이지 순식간에 일어난 일이었다. 만약 담이나 화분이 아니라 마주 오는 차와 충돌했다면 나는 더 이상 이 세상 사람이 아니었을 터였다.

눈에 보이지 않는 그 친구 말이 맞았다. 나는 여행지에서 까마득한 절벽 길을 따라 여행하던 시절의 내가 아니었다. 여행에서 쓸 수 있는 행운의 초콜릿을 다 고르고 만 것일까. 상자 안에는 이제 쓰고 매운 맛의 초콜릿만 남아 있는 것일까.

그 뒤 채 아물지 않은 상처를 이끌고 3개월을 더 여행했다. 술 좋아하는 태국인 친구의 채근에 못 이겨 한두 잔 마신 맥주 때문에 상처가 아무는 속도는 지루할 정도로 더뎠고, 결정적으로 위생상태가 좋지 못한 인도로 가는 바람에 한때는 더 악화되기도 했다. 캘커타에서 오전에 마더 테레사 하우스에서 봉사활동을 다녀온 중국인 여행자들이 오후에는 내 상처를 들여다보고 걱정해줬다. 어쨌거나 지금 그 사고는 두 다리에 남은 커다란 상처로 확인될 뿐이다. 몇 달에 걸쳐 오른발과 오른손의 쑤시고 저린 증상도 사라졌다. 사고를 당하기 전의 상태는 아니지만 연필을 쥐기에 불편함은 없다.

시간이 지나자 오토바이 사고는 여행지에서 겪었던 숱한 경험의 하나로 물러났다. 그러나 그 뒤 뭔가가 근본적으로 바뀌었다는 걸 나는 안다. 내가 어떤 종류의 인간인지 새삼 알게 됐다고 할까. 자신의 안위가 위협받는 상황에도 오토바이를 먼저 걱정했던 인간. 어처구니없는 실수를 저질러 아침식사를 하던 여행자들의 이목을 끈 자신을 못마땅하게 여기고 부끄러워했던 인간. 가장 위태로운 순간에 자신을 외면한 사람이 바로 나였다.

"당신이 가장 중요해요."

포르투갈 남자의 말을 때때로 떠올리곤 한다. 그는 다른 말을 하고 싶었는지도 모르겠다.

"당신은 스스로를 전혀 돌보지 않는군요."

그러고 보면 얼마나 자주 나는 유일한 보호자 역할을 저버리고 스스로를 방기했던가. 하마터면 죽음에 이를 뻔한 순간에도.

나는 내 몸에 참회했다. 온몸 구석구석 모든 부분에 차례로 의식을 집중하고 구체적으로 내 죄상을 알렸다. 머리부터 눈, 코, 입, 귀, 목, 어깨, 가슴, 팔, 팔꿈치, 손, 손가락, 배, 허벅지, 무릎, 발목, 발등, 발바닥…… 그리고 위, 장, 담, 간, 신장, 대장, 그 밖의 모든 내부 장기까지. 오랜 세월 자신의 자리에서 묵묵히 제 기능을 해준 것을 당연하게 생각했던 것에 대해 용서를 빌었다.

몸이 곧 소우주라는 사실을 곧잘 입에 올렸건만, 잘도 그 우주를 내동댕이치며 살았다. 그동안 나의 가장 부정적이고 어두운 부분을 몸에 투사시켜 학대해온 것은 아니었을까. 그러고도 용케 살아남았다. 누구보다 열렬히 살아 있다는 감각에 탐닉하면서, 죽음이나 그에 버금가는 손상 따위는 두려워하지 않는 척했구나. 지나간 소란과 닥쳐온 어수선함 앞에서 나를 파괴해 인생을 초기화하길 원했던 것일까. 한번 번쩍 정신이 들면 그게 바로 환생인데, 마음에 들지 않는 경험은 패배의 기록으로만 갈무리해왔다니.

빠이에서 치앙마이로 돌아온 뒤 짧은 휴가를 마친 지인들은 귀국했고, 나만 홀로 부상병처럼 남았다. 차마 떨어지지 않는 발길로 떠나는 그들을 배웅하면서 온갖 생각의 생성과 적멸을 홀로 지켜봐야 할 시간이 닥쳤음을 실감했다. 육체의 불편함이 주는 소슬한 정적과 외

● 걸을 수 있다니,

연필을 쥐고 쓸 수 있다니!

이 얼마나 진부하면서도

엄청난 행운인지.

로움 속에서 단단해지다 못해 모질어지는 순간이 찾아들곤 했다.

'이봐, 단지 지나갔다는 이유로 슬그머니 모든 걸 용납하려 해선 곤란해.'

'왜지?'

'그건 너무 손쉬운 길이니까.'

아침이면 다리를 절룩이며 나가서 쌀죽이나 국수를 먹고, 점심 요기할 것까지 사서 들어왔다. 치앙마이 타패Tha Phae 게이트 너머의 헌책방에서 파울로 코엘료의 영문 소설을 구해 읽고, 휴대폰에 저장해 온 곡들을 들었다. 나는 힘껏 체념하고, 과거의 나를 은밀하게 야금야금 사면했다. 그것이 나의 한계였고, 채 이루지 못한 절망이었다. 여행을 떠나 와서 기껏 침대 신세나 지다니. 한순간 삐끗했더니 한 숙소의 붙박이 객이 되어 드나드는 여행자들을 정착민의 시선으로 바라보고 있었다.

어느 날 멀리 여행 갔다가 되돌아온 네덜란드 여행자가 부엉이 눈을 하고는 말했다.

"너 여태 여기 있었니? 아니면 어디 다녀온 거니?"

나는 숙소의 맨 안쪽 방에서 바람 세찬 날의 조각구름처럼 누워서 여행했다. 인생은 주유周遊와 와유臥遊 사이에 꾸는 꿈이었다. 자고 일어나면 오래된 도시처럼 낡고 퇴락한 은총이 머리맡에 가득했다.

숱한 오류와 권태의 타격을 딛고 나는 지금도 여행 중이다. 신발에는 먼지가 자욱하다. 사자의 마음으로 세상을 걷되, 맹수에 쫓기다 간신히 무리에 합류한 영양의 감성으로 탄성을 내지른다. 걸을 수 있다니, 연필을 쥐고 쓸 수 있다니! 이 얼마나 진부하면서도 엄청난 행운인지.

내 인생의 책받침

초등학교 아이들은 공책에 책받침을 대고 쓴다.

아직 힘 조절이 어렵기 때문이다.

종이가 찢어질 정도로,

뒷장에 흔적이 남을 정도로

꾹꾹 눌러 쓰는 경우가 종종 있어서다.

연필에 힘을 주듯

인생이라는 종이를 너무 꾹꾹 누르지 않도록

내게도 절제와 인내의 책받침이 필요했다.

미래의 페이지가

과거의 흔적에 고통 받지 않도록

현재의 페이지에 집중하기 위해서.

미래의 페이지가 과거의 흔적에 고통 받지 않도록

현재의 페이지에 집중하기 위해서.

다음 페이지가 없는 것처럼

한 번의 페이지에 굉장한 것을 이루길 바라는 마음이

곧 재앙임을 알기에.

연 필 을
입 에 물 기 만 해 도
행 복 해 진 다 ?

━━━━━━ ,

　　때로는 라디오나 카페에서 흘러나오는 음악의
정조를 거슬러 가보곤 한다. 슬픈 음악이 나올 때 애절해하지 않고, 흥
겨운 음악이 나올 때 평온을 유지하기. 자연스러운 흐름에 따르지 않
고 굳이 왜 그러는지 묻는다면 뭐라고 해야 할까. 외부 환경에 상관없
이 평온을 유지하기 위한 훈련의 하나, 라고 해야 할지. 그저 궁금했던
거다. 인간의 심상에 직접적으로 호소하는 음악의 강력한 영향에서
얼마나 자유로울 수 있는지.

　　속에서 뭔가가 복받쳐 오르게 만드는 음악이 흘러나오면 즐거

웠던 기억을 불러낸다. 피로와 더위를 날려주던 고소한 코코넛 쉐이크, 작업을 끝내고 느긋하게 공원을 산책하면서 맞는 상쾌한 바람 같은 것을. 그러다 보면 감정의 균형을 맞추게 된다. 몸이 들썩이다 못해 춤추고 싶어지는 신나는 음악에는 뉴스의 정치면을 떠올리는 게 가장 효과가 빠르다. 여러 해에 걸친 실험 결과 슬프거나 신나는 음악을 들으며 안정을 유지하는 건 그다지 어렵지 않았다.

가장 통제하기 어려운 감정은 설렘이었다. 설렘이라는 정서를 기쁨 쪽으로 분류하면 문제는 간단해진다. 그러나 내게 '설레다'는 기쁨과 슬픔의 성분을 반반씩 지닌 채 스며드는 감정이다. 물론 사람마다 다를 것이다. 어쨌든 내게는 그렇다. 설렘 다음에 오는 익숙함과 환멸, 그리고 모든 생동하는 감정의 소멸까지 예감하는 서글픔이 내게는 있다. 이미 아는 이의 통시적인 우울함이라고 할까.

예를 들어, 영국 출신의 모던록 그룹 리알토의 〈먼데이 모닝 Monday morning 5:19〉 같은 곡이 그렇다. 설레는 선율인데도 그 이면에는 옅은 슬픔의 그림자가 어른거린다. 음악의 흐름에 따라 마음도 세상의 경계를 벗어나 떠돌면서 황혼의 비애 같은 감정에 이르게 된다. 그럴 때 나는 어쩔 줄 모르고 서성이게 된다. '설레다'는 원래 '마음이 가라앉지 않고 들떠서 두근거리다'는 뜻도 있지만, '가만히 있지 않고 자꾸만 움직이다'는 의미도 담겨 있다. 그리고 자동사다. 목적어 없이

도 마음이나 동작이 일어난다. 심박이 빨라지는 동안 의식에선 사진 첩 넘기듯 가사와 이미지가 한데 어우러져 휙휙 지나간다.

고백하자면 나는 〈먼데이 모닝 5:19〉 한 곡만 두 시간 넘게 반복해 듣다 온몸의 피가 다 빠져나간 듯 탈진했던 적이 있다. 머리부터 발 끝까지 이 노래의 멜로디가 가득 들어찬 나머지 토할 듯 속이 메슥메슥했다. 월요일 아침 5시 19분까지 돌아오지 않는 연인에게 전화를 걸어 자동응답기의 녹음 목소리만 듣는다는 그 쓰디쓴 가사의 곡에 왜 그리 탐닉했을까. 지나친 열정이었다. 꽤 오래전 일이다.

'설렘이 파도처럼 덮치는 순간'이라고 써본다. 다음 줄에 '생에서 가장 아름답고 빛나는 순간'이라고 덧붙인다. '어쩌면 딱히 당신이 아니었어도 나는 끝에 이르도록 타올랐을지 모른다. 그건 나라는 인간이 지닌 저주에 가까운 재능일지도 몰라.' 여기까지 쓰고 잠시 호흡을 고른다. 곧이어 11월의 밤, 카페에서 계산을 마치고 나가려는데 비가 내리기 시작한 것 같은 기분이 된다. 우산은 없고 비는 금방 그칠 기세가 아니다. 몸이 으스스 떨려오면서 심난해진다. 그런데 스산한 마음의 밑바탕에 여전히 은밀한 두근거림이 남아 있다. 곤란한 일이다. 내게 설렘은 설탕과 소금처럼 명확하게 다른 통에 담기는 감정이 아닌 것이다.

나는 낭만주의자를 경계하는 편이다. 19세기 초에 유럽을 휩쓴 예술상의 사조였던 그 낭만주의를 얘기하는 게 아니다. 우리가 흔히 '감상적'이라고 통틀어 얘기하는 그런 류의 낭만, 끈적끈적하고 질척질척한 감정을 말한다. 평소 이성적이고 합리적인 사람들에게는 그런 빈틈과 감성의 촉촉함에 한 번씩 져주는 것이 사는 재미이기도 할 것이다. 그러나 내게 '낭만적'이란 말은 독이다. 낭만주의자들은 과거를 절대화하는 경향이 있다. 과거를 신비하고 이상적인 시절로 여길수록 그 시절의 오류나 아픔은 묻히고 만다. 그런데도 속절없이 마음이 저물 때 내가 꺼려하는 낭만주의자가 되지 않으려면 다른 주문을 외울 수밖에 없다.

이럴 때 도움이 되는 사람은 미국의 철학자이자 심리학자인 윌리엄 제임스이다. 그는 일찍이 말했다.

"어떤 성격(기분)을 원한다면 이미 그런 성격(기분)을 가지고 있는 것처럼 행동하라."

윌리엄 제임스는 소설가 헨리 제임스의 형이다. 나는 처음에 형보다는 동생을 먼저 알았다. 헨리 제임스의 뛰어난 단편인 〈데이지 밀러〉나 《여인의 초상》 같은 장편소설로. 다시 형 윌리엄 제임스 이야기를 해보면, 그는 1875년 세계 최초로 하버드에서 심리학 강의를 시작한 선구적인 학자였다. 감정과 행동 사이의 관계를 깊이 연구해 행동심리학을 주창했는데, 그 기반이 되는 이론이 '가정원칙'이다. 가정원칙이란 어떤 행동이 특별한 감정을 촉발한다면 그러한 행동을 함으로써 의식적으로 특정한 감정을 만들어낼 수 있다는 것이다.

이를테면 '행복한 사람은 춤을 춘다. 그렇다면 거꾸로 춤을 추는 사람은 행복할까'라는 가설을 세우고 실제로 실험해본 것이다. 실험 결과 사람들은 춤을 추고나자 행복해했다. 단지 행복한 생각을 떠올리는 것보다 자신이 정말로 좋은 기분을 느끼고 있는 것처럼 행동하는 편이 좀 더 빠르고 효과적으로 행복감을 높인다는 가정이 들어맞은 것이다. 제임스의 가설은 시대를 너무 앞서간 탓에 한동안 창고에 처박히는 신세가 되기도 했다. 지금은 사정이 달라졌지만.

윌리엄 제임스 이후에 활동한 심리학자들은 끊임없이 그의 이론을 증명하려 애썼다. 그 중에서 독일 연구팀의 연필을 이용한 심리 실험이 유명하다. 한쪽 그룹은 연필을 입에 물고 '이~' 하는 소리를 내게 하고(웃는 표정), 다른 그룹은 연필을 입술로 물고 있게 했다(찡그린 표정).

연필을 어떻게 물고 있느냐에 따라 감정도 달라질까? 실험 결과 그랬다. 웃는 표정을 지은 사람들이 더 높은 행복감을 보고한 것이다. 이 실험 결과를 단순하게 표현하면 '연필을 입에 물기만 해도 행복해진다'가 된다. 행복해지는 데 연필 한 자루만 있으면 된다는 얘기다. 너무 행복해서 연필을 자근자근 씹으면 곤란하겠지만.

🌑 매사가 그렇듯

행복해지는 데도
　　　노력이 필요하다.

다시 한번 실험해보기로 했다. 1990년대 수많은 청춘들을 우울과
비탄의 정서로 이끌었던 뉴트롤즈의 〈아다지오〉나 에릭 버든의 음울
한 노래, 마지막으로 사랑의 설렘이 가득한 제이슨 므라즈의 〈럭키〉를
들어본다.

…….

뉴트롤즈나 에릭 버든의 노래에 귀 기울이다 보면 역시나 두레박
을 타고 우물 밑바닥으로 천천히 내려가는 기분이 된다. 막막하고 먹
먹해진다. 서글프고 처연해진다. 1990년대에 좋았던 추억을 떠올려
본다. 실제로는 어리고 아무것도 몰랐건만 안다고 착각해서 행복했던
시간들을. 기분이 조금 나아진다. 그러나 〈럭키〉에 이르면 다시 마음
이 들썩인다.

이럴 때를 위해 심리학자는 처방전을 마련해뒀다. 윌리엄 제임스
는 표정만이 아니라 움직이고 말하는 등 행동의 모든 요소가 감정에
영향을 미친다고 생각했다. 나는 발을 질질 끌지 않도록 주의하면서
성큼성큼 걸어본다. 그런 다음 멈춰 서서 심리학자가 제시한 글을 또
박또박 읽었다. 내 목소리가 뇌를 울리며 입 밖으로 나와 다시 내 귀에
또렷이 들리도록. 이게 중요하다. 그 누구도 아닌 나 자신이 알아들어
야 한다.

1. 오늘 나 자신이 마음에 든다.

2. 마음먹은 것을 해낼 수 있을 것 같다.

3. 주변 사람들이 내게 친절해서 기분이 좋다.

4. 일단 마음먹은 일은 대체로 잘해나간다.

5. 나는 열정적으로 살아가고 있다.

6. 지금 활력이 넘치고, 즐기면서 일을 하고 있다.

7. 오늘 특히 일을 더 잘하는 것 같다.

8. 모든 일이 잘 풀릴 것 같고, 만나는 사람들마다 쉽게 어울릴 수 있을 것 같다.

9. 오늘 나 자신은 물론 세상 모든 게 다 좋아 보인다.

10. 창조적인 아이디어가 마구 샘솟고 있다.

11. 많은 친구들이 평생 내 곁에 남아 있을 것이다.

12. 앞으로 인생을 계획대로 살아나갈 수 있을 것이다.

13. 일을 충분히 즐기고 있고, 나 자신이 정말 마음에 든다.

14. 오늘은 너무나 행복한 하루다!

—《립잇업》

정치인의 공약만큼이나 믿기지 않는 항목도 몇 개 있다. 그러나 대체로 안도되고 평온한 쪽으로 마음이 5센티미터쯤 움직이는 것 같다. 효과를 극대화하기 위해 이태리의 장인 정신을 발휘해 연필로 한 글자 한 글자 정성들여 써본다. 입으로 말하고 귀로 들은 다음, 손을 통해 몸이 기억하도록 하는 것이다. 매사가 그렇듯 행복해지는 데도 노력이 필요하다.

제
3
장

인생도 연필처럼
다듬을 수 있다면

연필 깎아달라고
엄마를 불렀네

——————,

　　　　　어느 날 노트에 연필로 이런 말이 적혀 있는 것
을 봤다.

　"난 인생을 정말 모르겠어."

　언제 이 글을 썼는지 기억나지 않는다. 어느 책에서 가져온 말인
지도 언급이 없다. 옮겨 쓸 경우 대부분 출처를 밝혀 놓는 편인데, 이
말은 여백 사이에 홀로 우주인처럼 둥둥 떠 있었다. 깔끔하고 적당한
진하기의 필흔으로 봐서 막 깎은 파버 카스텔9000 2B나 오래전 선물
받은 국산 캐릭터 연필 HB로 쓰지 않았을까 짐작할 뿐이었다.

　굳이 출처를 찾을 필요를 못 느낄 만큼 단순한 문장이다. 어쩌면

모진 일을 겪은 끝에 인생의 비밀을 속속들이 알 것만 같은 순간에 썼을 수도 있다. 너무 잘 알 것 같아서 머릿속이 텅 비고 마는 역설의 순간이 얼마나 많은가.

그러나 지인들에게 연필에 얽힌 이야기를 들을 때는 달랐다. 그 이야기들에는 분명하고 부인할 수 없는 인생의 온기가 담겨 있었다. 예를 들면 후배 H가 들려준 얘기가 그랬다. 그러고 보니 후배 H는 연필의 H경도의 이미지와 잘 들어맞는 것 같다. HB보다는 적당히 단단한 이성과 2H보다는 무르고 촉촉한 감성의 소유자라는 점에서.

H는 어렸을 때 무척 가난한 집안에서 자랐다. 1980년대라는 시대적 배경을 감안하면 일상적이고 보편적인 가난이라고 해도 좋을 것이었다. 그러나 "가족들이 며칠을 굶다 베개 안에 든 좁쌀을 꺼내 죽을 쒀먹기도 했다"는 구체적인 사례를 접하는 순간엔 여호와의 증인 자매님들이 불시에 방문했을 때만큼이나 말문이 막혔다. H는 그 일을 뚜렷이 기억하고 있었다.

H의 엄마는 좁쌀 베개를 뜯어 냄비에 쏟고 행여나 배어 있을지 모를 머리 냄새를 지우려 여러 번 씻었으리라. 물을 많이 붓고 끓이는 동안 부엌에 모처럼 김이 서리고 온기가 돌았을 것이다.

내게도 곤궁한 끼니에 얽힌 추억의 장면이 여럿 있다. 내가 아직 취학하기 전, 우리 집은 장렬하게 몰락하고 말았다. 시내의 번듯한 집이 남의 손에 넘어가고(복잡한 사정이 있었다), 변두리 단칸방에서 셋방살이를 할 때였다. 한 지붕 밑에 여러 셋집이 있었는데 우리 바로 옆방에는 엄마와 성년이 된 아들, 두 모자만 살았다. 시간이 많았던 나는 쥐가 곳간을 드나들 듯 그곳에 자주 드나들었다.

모자의 매 끼니는 잔인하리만치 똑같았다. 칠이 벗겨진 작은 상 위에 쌀이 한 톨도 섞이지 않은 꽁보리밥 한 그릇과 고추장 종지 하나만 올랐다. 김치 한 접시 없었다. 사람이 365일, 1,095끼니를 그렇게 먹고 살아간다는 건 지독한 일이다. 그러나 내가 목격한 밥상은 항상 같았다. 전깃불도 켜지 않아 어둑한 방안에 오직 새빨갛게 비빈 보리밥알들만 붉은 알전구처럼 떠올라 빛나던 기억.

매 끼니 새 밥을 지어 먹는 것이 그 집의 유일한 호사였다. 김이 솟구치는 따끈한 보리밥에 고추장을 얹어 슥슥 비벼먹는 걸 보노라면 입에 침이 고였다. 나는 어린아이다운 천진함으로 가끔 눈치 없이 그 밥상 한 귀퉁이에 끼어 앉곤 했다. 이유는 간단했다. 바로 옆방인 우리 집에선 이런 밥상마저 거를 때가 종종 있었기 때문이다. 1970년대 말에서 80년대 초에 걸친 가난의 풍경은 비슷했고, 우리가 이사한 동네가 유난히 빈궁한 곳이었을 뿐이다.

다시 H의 이야기다. H의 부모님은 자식들이 버거워 H를 보육원에 며칠 맡겼다가 다시 찾아온 적도 있었다고 한다. 아마도 딸이라는 이유로 그 잔인한 제비뽑기에 당첨되었을 테지만, 끝내 부모님은 H를 외면하지 못했다. H가 초등학교에 입학했을 무렵 H의 엄마는 집 바로 옆에 있는 공장에 일을 다녔다. 숙제를 하다가 연필 끝이 뭉툭해지면 H는 공장에 가서 엄마를 불렀다고 한다.

"엄마! 연필 깎아줘."

그러면 H의 엄마는 램프 속 거인 지니처럼 스윽 나타났다. 그리고 H를 데리고 바쁜 걸음으로 집으로 갔다. H의 엄마가 손에 쥔 것은 부엌칼. 부엌칼로 엄마는 연필을 깎아줬다. 그렇다. 문구용 칼이 아니라 부엌칼이었다.

"왜 하필 부엌칼로?"라고 나는 물었다. 그러자 간단한 답이 돌아왔다.

"아마 집에 다른 칼이 없었겠죠."

어느 집에서는 보리밥에 고추장 한 숟가락 넣고 비빈 밥이 한 끼니였듯, 어느 집에는 문구용 칼 한 자루 없을 수 있다는 것. 그것이 지난 시절 우리들 가난의 적나라한 목록이었다.

H의 엄마는 능숙하게 나무 몸피를 돌려가며 연필을 깎아냈다. 적당한 길이로 심이 드러났다 싶으면 깎인 경사면을 단정하게 다듬고, 마지막엔 연필을 제자리에서 회전시키며 칼날로 심을 뾰족하게 만들었다.

● 지금 내가 연필을 모으고, 쓰고,

날마다 들여다보는 것은

어쩌면

근원적인 결락, 결핍을

채우고 싶어서는 아닐까.

어린 H는 엄마 옆에 앉아 부엌칼 끝에서 한 자루의 연필이 다시 탄생하는 과정을 경이롭게 바라봤다. 칼을 능숙하게 다룰 만큼 크면 엄마를 불러오지 않아도 될 터였다. 공장에서 일하다 와서 잠깐 연필을 깎아주던 젊은 엄마는 그때 무슨 생각을 했을까. 짐작컨대, 그 순간만큼은 서둘러 돌아가야 할 일터도, 가난도, 허리춤에 매달리는 어린 아이들도 떠오르지 않았을지 모른다. 연필 깎기는 선 수행과 비슷한 면이 있기 때문이다. 연필 깎는 것을 지켜보는 H에게도 안온한 순간이었고, 엄마에게도 무념무상의 선물 같은 휴식 시간이 아니었을까.

부엌칼로 마법을 부려 연필 몇 자루를 깎아주고 엄마는 서둘러 공장으로 돌아갔다. 어린 H는 다시 공책을 끌어당겨 길고 뾰쪽해진 연필을 쥐고 숙제를 했다. 그리고 자라서는 상업고를 졸업하고 대학에 진학했고, 취직해 돈을 벌었다. 지금은 그녀 자신도 결혼해 두 아이의 엄마가 되어 안정된 가정을 꾸려가고 있다. 옛날 친정엄마처럼 자신도 낮에는 맞벌이를 하느라 바쁘다. 집에서 직장이 가까운 편이지만 그 옛날의 친정엄마처럼 잠시 와서 아이들 연필을 깎아주진 못한다. 다행히 요즘엔 저렴하고 좋은 연필깎이가 많다. 아이들은 착하고 건강하게 크고 있고, 적어도 연필만큼은 걱정하지 않아도 된다.

"내가 엄마가 돼서야 친정엄마가 얼마나 종종거리면서 우리 형제들을 키웠는지 실감해요. 그때 엄마는 지금 내 나이보다 젊었는데 어떻게 그 모든 걸 감당하고 살았는지…….”

우리 부모님 세대는 “난 인생이 뭔지 도통 모르겠어”라는 말 따위는 할 틈도, 적을 틈도 없었다. 연필에 관한 기억도 남루하고 신산할 것이다. 그저 하루하루를 살아내기 벅찼던 시절을 건너와 이제는 연필 따위는 너무 흔해서 돌아보지 않는 시대를 우리는 살고 있다.

이상하게 내게는 누가 연필을 깎아준 기억이 없다. 그렇다고 집에 연필깎이가 있지도 않았다. 분명 초등학교 저학년 때는 어른이 깎아줬을 텐데, 그 풍경만 가위로 오려낸 것처럼 떠오르는 그림이 없다. 연필을 쥐고 칼날에 손이 베이지 않도록 조심하면서 연필을 깎고 있는 어린 내 모습만 떠오른다.

얼마 전까지 나는 이 기이한 상실에 대해서 깊이 생각해보지 못했다. 기억을 더듬고 더듬어 올라가다 끝내 막다른 어둠에 막히면 나는 남들이 다 가진 유년의 따뜻한 풍경 하나를 끝내 복구하지 못한 것 같은 안타까움에 휩싸이곤 했다. 지금 내가 연필을 모으고, 쓰고, 날마다 들여다보는 것은 어쩌면 근원적인 결락 또는 결핍을 채우고 싶어서는 아닐까.

아이들은 어른이 연필을 깎아주면 신기해서 머리를 디밀고 뚫어져라 바라본다. 너무 가까이 다가오는 바람에 깎아주는 사람의 시야를 가려버리기까지 한다. 칼처럼 날카로운 도구는 아직 금지돼 있고,

완성된 연필만 허락된 유년시절에 누군가 연필을 깎는 모습을 보는 건 얼마나 신기했던가. 제 손으로 연필을 깎는다는 건 어른의 세계에 입장하는 것이나 다름없었다. 아이들은 언젠가는 내 손으로 직접 깎을 날이 오길 고대하며 칼을 쥔 어른의 손을 선망한다. 나는 잃어버린 기억의 틈새를 자력으로 메우려는 듯 날마다 몇 자루의 연필을 정성 들여 깎곤 한다. 말끔하게 깎은 연필을 어린 시절의 내게 내민다.

여기,

네 평생의 사랑과 상실, 후회와 인내, 쓰라림과 환희를 적을 연필을 준다, 내가.

연 필 로
떼 목 만 들 기
—————,

안개가 지붕과 교회의 첨탑, 앞산을 지우개처럼 지워버린 날, 연필을 쥔다. 안개는 창밖에 떠 있는 집들의 지붕을 적시고, 엉킨 전깃줄을 삼키며 여백을 마련해낸다. 안개가 걷히면 풍경은 다시 세상에 단단하게 착지할 것이다. 그러나 지금은 모든 것이 모호하고, 뉴스에 등장하는 세상사는 여전히 복잡하고, 불공정하고, 속되다.

내가 살아 있음을 확인할 만한 신체감각이 흐릿해질 때 연필을 꺼낸다. 몇 자루의 연필을 골라 책상에 나란히 놓고, 먼저 눈으로 맞아들인다. 차를 마실 때 빛깔과 향으로 먼저 맛보듯 연필도 똑같이 향유한다. 오늘은 이런 연필들이다. 스테들러 트래디션 HB, 2002년에 생산된 문화 더존 준구형 2H, 미라도 블랙워리어 B, 오래전 '눈높이 대교'에서 나눠준 판촉용 연필……. 국적도 경도도 다양한 연필들은 내가 살아 있다는 감각을 되찾기 위해 올라탄 작은 뗏목이다.

헝클어진 사고에 질서를 주길 바라며, 연필나무의 결이 드러나는 경사면을 손끝으로 매만져본다. 깎인 나무에서 풍기는 은은한 향기. 비 맞고 눈 맞으며 컸을 어느 산야의 향나무 한 그루가 코끝에서 우람하게 살아난다. 나무 냄새와 마른 잎사귀 냄새 속에서 종이와 연필, 손목의 힘으로 핸드메이드 글쓰기를 하는 아침. 헤어지고도 멀쩡하게 살아왔던 옛 연인과 재회하듯 내 안에 고여 있던 또 다른 나를 만난다.

나는 필압이 센 편이다. 마치 처음 글을 배우는 아이처럼 연필을 꽉 쥐고 꾹꾹 눌러 적는 버릇이 있다. 쓰다 보면 손이 얼얼해져 규칙적으로 쉬어야 한다. 잠시 연필을 내려놓고 굳은 근육을 펴기 위해 손가락을 쥐었다 폈다 하는 시간이 달다. 연필을 놓고 바라본 세상에는 여전히 모래바람이 불고 있다. 나 자신 한 점 모래였던 세월이 풍경화처럼 지나간다.

"우리는 사는 게 아니라 때론 살아지기도 한다."

연필 끝에서 나온 문장의 힘으로 앞으로 나아간다. 희망이 매정하게 등을 보이며 내 발끝과 반대 방향으로 가는 것을 보는 일은 늘 가습을 후벼 판다. 다른 이의 글이라는 뗏목에라도 옮겨 타야 하는 순간, 아스라한 아픔이 묻어 있는 문장들을 따라 적는다. 오늘은 우나무노의 소설 《안개》 중 한 대목이다.

사랑은 존재의 안개를 부수고 구체화시켜주는 고마운 비와 같은 것이다. 사랑으로 인해 나는 내 몸의 영혼을 느끼고 어루만질 수 있다. 사랑으로 인해 내 영혼 깊숙한 곳에서부터 고통을 느끼기 시작한다. …… 세월은 흘러가지만 사랑은 남는다. 사물의 내부 그 깊은 곳에서 이 세상의 흐름은 다른 세계의 반대되는 흐름과 부딪치고 얽힌다. 그리고 이러한 접촉과 마찰에서 고통 중 가장 달콤하고도 슬픈 고통이 비롯되는데, 바로 산다는 고통이다.

소설가 존 스타인벡은 하루 여섯 시간씩 연필로 글을 썼다. 그는 "육각형 연필로 하루 종일 쓰고 나면 손가락이 갈라진다"며 원통형 연필을 선호했다. 손에 잡기 편하고 쉽게 돌려가며 쓸 수 있어서였다. 작가나 화가처럼 연필을 쥐고 오랜 시간 작업해야 하는 사람들은 각진 연필을 부담스러워한다. 연필의 몸통에 대한 선호도도 유행을 탄다. 오늘날 원형 연필은 호, 불호가 나뉜다. 손끝에서 미끄러지기 쉽고, 책상에서 잘 굴러다니기 때문이다. 오늘날 고급 연필은 대부분 육각형이다.

　존 스타인벡은 연필 끝부분이 손에 닿으면 더 이상 쓰지 않고 아이들에게 줬다. 그에게 몽당연필의 기준은 '지우개를 감싼 패럴이 손에 닿는가'였다. 예민한 연필 사용자였던 스타인벡은 연필의 심, 크기, 모양에 민감해 하루 작업에 큰 영향을 받았다. 그날 어떤 연필을 집어 들지는 날씨와 기분에 달려 있었다.

　기록에 따르면 그는 하루에 60자루의 연필을 부러뜨리기도 했다고 한다. 당연히 연필 소비량도 엄청났다. 노벨문학상을 수상한 이 대문호가 최고로 친 연필은 에버하르트 파버사의 블랙윙과 몽골 연필 원통형 480 #2$\frac{3}{8}$(F경도에 해당한다)이었다. 내게는 스타인벡이 썼던 당시의 몽골 연필과 블랙윙이 한 자루씩 있다. 귀인을 통해 얻은 이 연필을 보자마자 아득한 경외감에 사로잡혔다. 원형의 노란색 빈티지 연필은 질리지 않는 고전적인 단순함과 우아한 멋이 있었다. 단단해 보이는 심이 정확하게 나무 중앙에 박혀 있고, 꼭대기 부근의 은색 패럴은 색이 바래져 빈티지다운 운치를 뿜냈다.

　대문호가 사랑해마지 않던 연필의 필기감이 궁금해 몽골과 오리지널 블랙윙을 조심스럽게 깎아 써봤다. 그때의 감격이란! 몽골은 수십 년의 세월에도 불구하고 연필심이 적당히 단단했고, 부들부들함과 사각거림이 절묘하게 어우러져 자꾸 더 쓰고 싶게 만들었다. 블랙윙의 부드럽고 품위 있는 필기감은 믿기 어려울 정도였다. 스타인벡이 왜 이 연필들을 사랑했는지 알 것 같았다.

스타인벡은 친구이자 편집자인 파스칼 코비치에게 연필을 더 보내달라고 정기적으로 편지를 쓰곤 했다.

"수년 동안 나는 완벽한 연필을 찾아 헤맸다네. 꽤 훌륭한 연필을 많이 봐왔지만 완벽한 연필을 보지는 못했네. 그런데 문제는 연필에 있는 것이 아니라 나에게 있었던 것 같아. 얼마 동안 잘 쓰던 연필도 어떤 날은 마음에 안 들곤 했지. 예를 들어, 어제는 부드럽고 섬세한 블랙윙 연필을 썼는데, 하루 종일 종이 위를 날렵하게 미끄러져 다녔다네. 오늘 아침에도 같은 연필을 사용했는데 웬일인지 껄끄럽고 심끝이 자주 부러지더군. 아마 내가 연필을 좀 눌러 썼던가 봐. 결국 오늘은 경도가 약간 높은 연필이 필요한 날이라 지금은 $2\frac{3}{8}$짜리 몽골 연필을 쓰고 있다네. 자네도 알다시피 내 책상에 있는 플라스틱 필통에는 집필량이 많은 날 쓰는 연필과 적은 날 쓰는 연필 등 세 가지 종류의 연필이 늘 준비되어 있지. 그런데 하루 중 중간에 연필을 바꿔 쓰는 경우는 드물지만 그래도 준비는 해둬야 할 것 아닌가. 세 번째로 갖추고 있는 것은 자주 쓰진 않지만 아주 부드러운 연필이라네. 그 연필은 내 감각이 장미 꽃잎처럼 아주 섬세할 때만 쓰는 특별한 것이네."

편지의 결론은 연필을 더 구해 보내달라는 것이었다. 얼마나 소

● "연필 두 자루 정도는

　　　　　닳아 없어져야

　　　하루 일을

　　　　　충분히 한 것 같다."

박하고 절박한 대리구매 요청인가. 문학사에는 이처럼 전담 편집자가 작가가 선호하는 연필을 구해 보내주던 경우도 있었다.

내게도 연필을 선물해준 친구이자 편집자가 있다. 어느 날 그녀가 미국에서 생산된 필드 노츠Field Notes 필기용 두 자루와 빨간색의 목수용 연필을 선물해줬다. 화방 몇 군데서만 취급해 동네 문방구에서는 쉽게 구하지 못하는 연필들이었다. 필드 노츠 필기용 연필은 적당히 진하고 적당히 사각거렸다. 전형적인 미국 연필이라고 할까.

목수용 연필은 현장에서 굴러다니는 걸 막고 작업복에 꽂기 쉽도록 납작 눌린 형태였고, 힘을 줘서 깎아야 할 만큼 나무의 단단함이 대단했다. 보통 연필심이 원형인 반면, 이 연필심은 굵은 직사각형이었다. 목재나 자재에 표시를 하려면 아닌 게 아니라 엑스트라 스트롱Extra Strong 품질의 심이어야 할 터였다. 그런데 왜 이 연필을 내게? 목수로 전업하라는 뜻인가? 친구는 단지 빨간색이 예뻐서 골랐다고 한다. 친구의 진심을 믿어야 한다.

연필에 관해 예민하게 군 작가는 존 스타인벡만이 아니다. 헤밍웨이는 집필하기 전 수십 자루의 연필을 깎아 놓아야 글 쓸 기분이 났다고 한다. 한창 왕성하게 활동하던 시절에는 무시무시한 말도 남겼다.

"연필이 두 자루 정도는 닳아 없어져야 하루 일을 충분히 한 것 같다."

헤밍웨이는 1952년 《노인과 바다》를 출간한 뒤, 1953년에는 퓰리처상을, 1954년에는 노벨문학상을 수상해 작가로서 정점에 올라선다. 뒷날은 평탄하지 않았다. 이후 헤밍웨이의 정신은 피폐해질 대로 피폐해져 우울증과 폭음을 일삼기에 이르렀다. 두 번이나 병원에 입원해 전기충격 요법까지 받았으나, 나중에는 짧은 문장을 쓰는 것마저 힘겨워했다.

분투의 나날을 보내던 헤밍웨이는 기운을 차릴 때마다 20대 습작 시절 파리에 머물렀던 이야기를 담은 회고록인 《이동축제일》을 써나갔다. 젊은 날의 에너지와 향수도 그를 구원하지는 못했던가 보다. 끝내 책을 완성하지 못한 채 1961년 스스로 목숨을 끊고 말았으니 말이다. 그의 유작은 1964년에 출간됐다.

《이동축제일》에는 파리의 한 카페에 앉아 연필로 노트에 글을 쓰던 젊은 작가의 초상이 담겨 있다.

쾌적하고 따스한, 깨끗하고 친절한 카페였다. 낡은 레인코트를 옷걸이에 걸어 말리고 다 낡아 해어진 모자는 긴 의자 위의 고리에 걸었다. 그리고 카페오레를 주문했다. 종업원이 커피를 가져왔고 나는 코트 주머니에서 공책과 연필을 꺼내서 글을 쓰기 시작했다.

파란색 공책, 연필 두 자루, 연필깎이(주머니칼은 너무 낭비가 심하다), 대리석 테이블, 이른 아침의 냄새, 빗질과 걸레질. 필요한 건 그게 전부였다.

지치고 외로운 날에 헤밍웨이의 파리 기록을 읽으면 나도 연필과 공책을 챙겨 카페로 나가고 싶어진다. 겉옷을 벗어 의자에 걸쳐두고 커피를 마시며 연필을 쥐면 살아 있다는 실감에 몸이 떨릴 것 같다. 어떤 글은 몇 개의 단어만으로도 동영상처럼 그 현장을 생생하게 느끼고 살게 한다.

헤밍웨이는 카페와 커피, 공책, 노트의 조화 속에서 글만 쓴 것이 아니라 주변을 관찰하는 여유도 함께 누렸다. 하루는 옆자리에 앉은 한 여인에게 자꾸 눈길이 가서 집중력이 흩어진 상황에 대해 다음과 같이 썼다. "나는 고개를 들 때마다, 그리고 연필깎이로 연필을 깎을 때마다 그 여자를 쳐다보았다. 연필의 칼밥이 꼬불꼬불 말리면서 술잔을 받친 접시에 떨어졌다."

헤밍웨이의 말년은 "인간은 파괴될 수는 있어도 패배할 수는 없다"는 말로 전후세대를 열광시켰던 전성기에 비하면 비참한 것이었다. 그러나 젊은 헤밍웨이가 파리의 모든 것을 몸으로 느끼며 카페에 앉아 연필로 글을 쓸 때, 그는 헤밍웨이 아닌 그 누구도 아니었다. 완

벽하게 헤밍웨이 자신이었다. 훗날 격동의 세월을 보내는 동안 꽉 찬 회한으로 돌아보게 될 충만한 시간을 그는 연필과 함께했다.

파리의 모든 것은 내 안에 있으며, 나는 노트와 연필 안에 있었다.

이 한 마디면 충분하다. 헛된 욕망이 아니라 내 손에 쥔 도구와 한 치의 오차도 없이 밀착해 인생을 충만하게 헤쳐나간 이는 간결한 한 마디로 자신을 완성했다.

햇살이 안개에 점령당했던 풍경을 다시 세상에 돌려줄 때, 연필을 쥐고 써나가던 내게도 같은 일이 일어난다. 다른 존재가 되고 싶지도 않고, 그 누구도 될 수 없다. 연필이라는 뗏목 위에서 나는 나 자신이었다. 오직 그 사실만이 이 변화무쌍한 세상에서 내가 붙잡고 있는 유일한 밧줄이었다.

텅 빈 방 안에
라 디 오

_____,

    첫 정은 무섭다. 오랜 세월의 애틋함을 견뎌야
하기 때문이다. 그 애틋함은 대상을 잃어버린 뒤에야 실감나게 마련
이므로 우리는 겁 없이 매혹된다. 예를 들면, 십 년 전에는 외웠으나
지금은 가물가물해진 전화번호, 열정적으로 참여했던 모임, 언제까
지나 햇빛 아래서 낡아갈 것 같던 골목길, 유난히 똥구멍이 분홍빛으
로 예쁘던 고양이, 내 몫의 세계로 품었던 다락방…… 같은 것들이
그렇다.

    이제 더는 곁에 없는 것들을 떠올리며 인정한다. 인간으로서 불
멸을 꿈꾸는 것이야말로 부도덕하고 부패한 일임을. 이 사실을 받아

들이고 나면 잃어버린 것들의 그림자가 아무리 커도 상처받지 않는다. 그림자의 크기는 그동안 우리가 얼마나 외로웠던가를 말해주는 것일 뿐.

그러나 라디오는 다르다. 나는 한 대의 라디오를 가질 수 있다. 오디오나 스마트폰에 부록처럼 달린 라디오가 아니라 어엿한 독립기기로서의 라디오 한 대를. 적어도 이 변화무쌍한 삶에서 이것 하나 정도는 내 곁에 둘 수 있다. 아마존에서 1960년대식 라디오 한 대를 구입한 것은 그 때문이었다. 다이얼을 돌려 주파수를 잡는 이 라디오는 복고풍이지만 최근에 생산된 것이다. 이 라디오는 리모컨도 알람도 없다. 라디오와 외부기기를 연결해 음원을 들을 수 있는 단자가 하나 있을 뿐이다. 단순한 구성이다. 라디오를 깨끗한 음질로 듣기 위한 최소한의 기능만 있을 뿐이어서 사용설명서도 필요 없다. 이 단순함이 복잡한 삶에 숨통을 틔워주기에 사랑하지 않을 수 없다.

내가 최초로 나만의 라디오를 가진 것은 부산에서 청소년기를 보낼 때였다. 추석 명절이 지나자 어른들이 조금씩 찔러준 용돈이 제법 모였다. 그때 문득 워크맨이 떠올랐다. 그 나이에는 앞날에 하고 싶은 것에 대해선 모호해도, 가지고 싶은 것에 대해서라면 확고한 의견이 있기 마련이었다.

돈을 호주머니 깊숙이 넣고 집을 나와 남포동 지하상가로 갔다.

그동안 오가면서 상점 진열장에 놓인 소니 워크맨과 삼성 마이마이, 금성 아하 미니카세트 같은 것을 넋 놓고 바라보곤 했기에 나는 어디로 가야 할지 잘 알고 있었다. 쇼핑에 조금이라도 눈썰미가 있었다면 국제시장으로 가서 일제를 살 수도 있었지만 나는 그런 야무진 청소년이 아니었다.

지하 양쪽으로 늘어선 상점들은 옛날 시청이 있던 자리부터 시작해 자갈치시장까지 이어져 있었다. 뱅뱅 청바지가게, 프로스펙스 대리점, 보세 옷집, 팬시 문구점, 소형 가전기기점들이 환한 형광등 불빛 아래에서 눈부시게 빛나는 곳이었다. 마치 1980년대 후반의 고속 성장하던 경제를 상징하듯이. 나는 한 상점으로 들어가 점원에게 내가 원하는 기능을 말했다.

"카세트테이프와 라디오를 들을 수 있고, 외부 스피커가 달렸으면 좋겠어요."

직원은 예산을 묻더니 금성 아하를 권했다. 내가 가진 돈으로는 일제 워크맨을 살 수 없었다.

"이게 네가 얘기한 기능이 다 있는 최신 제품이야."

점원이 말했다. 당시 돈으로 6만5천 원을 치르고 나는 손바닥만한 그 기계를 손에 넣었다. 세상을 다 가진 기분이었다. 그때까지 내가 산 것 중에 가장 비싼 물건을 소유함으로써 처음으로 어른의 세계에 입문한 것 같았고, 나만의 세상을 구축할 준비를 마친 것 같았다. 나는 구름 위를 걷는 듯 도취되어 내 방으로 돌아왔다. 그날 밤부터 내게는 다른 세상이 열렸다. 비틀즈와 퀸, 스모키, 들국화, 산울림, 그리고 좋아하는 곡만 양면으로 녹음한 테이프를 마르고 닳도록 들었다. 그리고 결정적으로 라디오, 라디오가 있었다. 밤늦은 시간 나직하게 울리던 진행자의 목소리는 밤의 세계와 완벽하게 어울렸고 음악은 자석처럼 몸과 마음에 달라붙었다.

인터넷이나 스마트폰 라디오앱, 보이는 라디오도 없던 시절, 디제이들은 방송 중간 중간 사연과 신청곡을 보낼 주소를 불러주곤 했다. '우편번호 150-608, 서울시 마포구 여의도동 여의도 우체국 사서함 000호'. 그곳은 남쪽 항구에 살던 내게는 책 속에 등장하는 지명처럼 현실감이 없는 머나먼 장소였다. 나는 여학생들이 아기자기하게 꾸며 보낸 엽서와 편지로 가득 쌓인 사서함을 상상하곤 했다. 담당자가 하루에 한 번씩 커다란 자루에 가득 담아 와서 방송국 책상 위에 와르르 쏟는다. 그건 뭐랄까, 화성에서 연필을 깎는 것만큼이나 기이하면서도 가슴 뛰는 풍경이었다.

부산에서는 이문세가 진행하는 '별이 빛나는 밤에'가 나오지 않았지만 전국에 무료로 배포하는 얇은 책자는 얻을 수 있었다. 어느 날 남포동 금강제화에 비치된 그 책자를 받으러 친구들과 간 적이 있었다.

쭈뼛거리며 들어서는 우리에게 남자 점원이 다가왔다.

"'별이 빛나는 밤에'에서 나온 걸 받고 싶어서요."

친구들 가운데 책자의 정보를 비교적 자세히 알고 있던 내가 말했다. 점원은 신발들 사이에 놓인 책자를 집어오더니 한 권씩 나눠주며 말했다.

"씩씩하고, 예쁘고, 착하게 커라."

우리는 터져 나오려는 웃음을 입안에 가뒀다가 가게를 나서자마자 남포동 먹자골목 쪽으로 와르르 쏟아냈다. 점원 자신도 20대 초반으로 보였는데, 쑥스러워 서로를 앞으로 밀치며 들어온 소녀들이 몹시 귀여웠던 모양이었다. 세월이 흘러 점원의 연배를 넘어서면서 그가 참 곱고 순수한 마음을 내보였다는 생각에 마음이 따뜻해지곤 했다.

당연한 얘기지만 금성 미니 카세트에 달려 있던 라디오는 다이얼을 돌려 맞추는 것이었다. 방송국을 옮길 때마다 빈 주파수마다 지-직거리는 잡음이 따라 붙었다. 딱 원하는 곡에 멈추도록 테이프를 빨리 감거나 다이얼을 미세하게 맞추기까지는 훈련이 필요했다. 일단 적응하고 나면 잔잔한 손재미를 맛볼 수 있었다.

깨끗하고 선명한 음을 포착해 들으면서 책을 읽고 편지를 쓰던 그밤이 나의 해먹이요, 요람이었다. 귀는 살아 있는 디제이의 음성을 사랑했고, 눈은 죽은 이들의 글을 아껴 훑었다. 그렇게 현재와 과거가 어둠 속에서 함께 반죽됐다. 나는 밤의 정기를 받아 머리가 굵어지고 손발이 커졌다.

라디오와 함께하는 시간은 오늘날까지 이어지고 있다. 맨 처음 내 몫으로 장만했던 라디오처럼 지금도 다이얼을 돌려 주파수를 맞춰 듣는다. 라디오를 틀어놓고 좋아하는 책이나 시집을 연필로 옮겨 적을 때 나는 감히 행복하다. 그래서 배를 채운 뒤 봄볕 아래 하품하는 고양이처럼 눈매가 가늘어진다. 평범한 이웃들의 웃기고, 가슴 아프고, 고민스러운 사연을 들을 때마다 실로 다양한 사람들이 독특한 개성을 발휘하며 열심히들 살고 있구나, 뭉클해지곤 한다.

라디오가 지닌 숱한 장점 가운데 하나는 들으면서 다른 일을 할 수 있다는 것이다. 예나 지금이나 일하거나 공부하는 이들에게 라디오는 좋은 친구이다. 영상매체가 사지를 결박해 그 앞에 꼼짝 않고 집중하도록 만드는 것에 비해 라디오는 몸의 전부를 요구하지 않는다. 연필이 그렇듯이 라디오의 그런 소박하고 겸손한 성품이 마음에 든다. 라디오와 연필은 한없는 상상력의 촉매가 돼준다는 점에서 닮았다. 그리고 서로 잘 어울린다.

세상에서 상처받고 책상 앞에 돌아와 라디오를 틀어놓고 연필로 폭풍처럼 써나가는 날이 있다. 손목 근육이 뻑적지근해지고 가운데 손가락 마디가 아프도록 쓰고 또 쓴다. 불 위에 녹는 설탕처럼 끈적거

나는 본다.

텅 빈 방 안에

라디오와 연필과 나만 남아

인생에서 이미 스쳐간 것,

아직 다가오지 않은 것들의

무게를 견디는 환영을.

리며 까매졌던 마음이 다시 투명해질 때까지. 마음에 드리웠던 구름은 달팽이가 잎사귀 하나를 다 건널 때의 속도만큼 느리게 흩어진다. 나는 서두르지 않는다.

세상은 원래 불공정하고, 자연은 무자비하다. 인간에게는 약탈자의 유전자가 있다. 역사는 일직선 방향으로 진보하지 않고 혼란의 순간이 더 많다.

연필을 쥔 나는 이런 사실들을 받아들이려 애쓴다. 인생의 고통은 이 냉엄한 사실들을 받아들이지 않으려 마음을 외틀었을 때 생기곤 했다. 휴머니즘과 인간 이성을 맹목적으로 추종하는 것도 또 하나의 신앙이 아니던가. 쓰라린 현실 속에서 나는 균형을 잡으려 애쓴다. 자연의 본질은 어둠과 밝음, 선과 악, 쾌와 불쾌 어느 한쪽에도 치우치지 않고 '그저 그러함'이다.

삶의 어느 순간 타인의 마음을 외면하고, 오래 화를 내며, 죄책감 없이 벌레를 눌러 죽이던 나를 생각한다. 세상과 나는 둘이 아니었다. 우리는 한통속이었다. 그 사실을 가난하고 겸허한 마음으로 받아들인다. 여기서 멈춘다면 삶은 너무 삭막하고 의지할 곳 없이 쓸쓸해진다. 그러므로 인간의 내면에 자리 잡은 자기갱신의 욕구와 무조건적인 헌신이 얼마나 고귀하고 아름다운지도 기억하려 애쓴다.

라디오가 주는 가장 큰 선물은 역설적으로 전원을 껐을 때 찾아온다. 라디오가 라디오이기를 그치는 순간, 사방은 돌연한 침묵에 잠긴다. 들끓고 다정하고 수다스러웠던 세상이 갑자기 눈앞에서 훅 꺼진다. 뒤로 물러나 있던 고요와 여백이 기다렸다는 듯이 한꺼번에 덮쳐온다. 앞이 캄캄하고 등이 오싹해지는 그런 정적은 아니다. 알맞게 데워진 아침 바다를 헤엄치는 느낌이랄까. 이때의 침묵은 생급스럽지만 반갑고 달콤하기도 하다. 세상을 실어왔던 라디오는 시치미를 떼고 앉아 있다. 그리고 나는 본다. 텅 빈 방 안에 라디오와 연필과 나만 남아 인생에서 이미 스쳐간 것, 아직 다가오지 않은 것들의 무게를 견디는 환영을.

라디오와 가까이 지내다 보니 시간대 별로 즐겨 듣는 방송도 당연히 생겼다. 아침에는 주로 클래식 FM을 듣는다. 진행자가 곡을 소개하면서 연주의 분위기를 일러줄 때가 있다. '느리지만 결코 멈추지는 말고' '환상적이고 열정적으로' 같은 말들이다. 말 자체로 굉장하다고 감탄하며 듣는다. 그리고 이내 이편에서도 그런 자세로 들을 준비를 한다.

느리지만 결코 멈추지 말 것.

환상적이고 열정적으로.

라디오와 연필의 환상 궁합 속에서 내 삶의 연주가 딱 이 정도였으면 좋겠다.

전 무 후 무 한
이　순 간 을　위 한
낙 서

————— ,

　　회의 중에, 누군가와 전화 통화를 하면서, 지루
한 수업이나 연수 중에 종이 한 귀퉁이에 낙서하던 기억이 누구나 있
을 것이다. 낙서는 쓸모를 염두에 두지 않는다. 내용이나 형식을 한정
짓지도 않는다. 낙서는 '쓸모없음'으로 효용성으로 무장한 세계에 저
항한다. 그래서 때로는 낙서를 통해 가장 자유로운 발상이 터져 나오
기도 한다.

　　살면서 숱한 낙서를 해왔다. 지금도 틈만 나면 이면지 뒤에 앞뒤
맥락 없는 단어나 문장을 쓰거나 도형을 그리곤 한다. 작업에 들어가

기 전, 몸을 푸는 마음의 스트레칭이라고 할까. 특별히 '낙서'라는 말을 의식하지 않고 그저 연필과 종이로 할 수 있는 모든 것을 즐긴다. 좋아하는 노래의 가사를 적어보기도 하고, 부치지 않을 편지를 쓰기도 한다. 여백이 채워지는 동안 손의 근육이 서서히 풀리고 뒤엉켜 있던 머릿속이 조금씩 정돈된다. 그러는 동안 서서히 백지를 두려워하기보다 마음껏 뛰노는 나만의 놀이터로 대할 수 있게 된다.

뭐니 뭐니 해도 가장 꿀맛 같은 낙서는 몰래 한 낙서가 아닐까. 대학시절 강의실에서 옆에 앉아 내 노트 여백에 자신이 암송하는 시 구절을 쓰던 친구가 있었다. 교수님이 강단에서 문예사의 조류에 대해 열변을 토하는 동안, 친구는 팔을 비스듬히 뻗어 연필로 내 노트에 썼다. 최승자, 황지우, 기형도 같은 시인들의 시 구절들이었다. 다 쓰고 나면 내 팔을 툭툭 쳐서 신호를 보냈다. 그러면 나는 슬며시 시선을 노트 여백으로 떨어뜨려 친구의 필체를 해독했다.

그는 어디로 갔을까

너희 흘러가버린 기쁨이여

한때 내 육체를 사용했던 이별이여

찾지 말라, 나는 곧 무너질 것들만 그리워했다.

　　　　　　　　　　　　　　　　　　— 기형도, 〈길 위에서 중얼거리다〉 중에서.

가라앉은 강의실 공기 속에서 청춘의 치열함과 삶의 고단함을 넘어 고래처럼 솟구쳐 오르던 시 구절들! 그것은 고여 있는 역사로서의 문학이 아니라 그 시점에서 갓 잡힌 생선처럼 파닥파닥 뛰는 생명의 언어였다. 시의 여운이 마음을 헤집을 때면 간혹 나도 짤막한 구절을 적어 응답하곤 했다.

누에는 제 수명을 줄여가면서 집을 짓는다.
아이고, 내 집이 나를 가두다니!
나의 깊이는 나의 한계였느니.

— 황지우, 〈나는 너다〉 39.

그 친구는 왜 자기 노트에 안 적고 내 것에 적었을까. 강의가 끝나면 친구는 언제 그랬냐는 듯 다시 새침하게 일상의 세계로 돌아가곤 했다. 교수님을 제외하고 모두가 입을 다문 강의 시간에만 친구는 시로 말을 걸어왔다. 나로 말할 것 같으면 친구가 자신의 해찰에 천진하게 초대해주는 그 시간이 귀찮으면서도 좋았다. 친구의 시 낙서 덕분에 생기가 휘발된 문학사 강의를 들으며 역사의 도도한 흐름에 익사하지 않을 수 있었다.

그 시절의 낙서는 어느 네티즌이 내린 정의에 들어맞는 것이었다.

'낙서란 대세에 동참하지 못하는 자가 스스로 마이너리티 리포트를 생산하는 것.' 강의 시간에 등장하는 대문호들의 이름과 작품은 까마득한 전설 속 거대한 왕국 같았다. 우리는 노트 여백에 적힌 동시대 시인들의 시를 연필로 적으며 신나는 마이너리티 리포트를 작성하며 놀았던 것이다.

비록 쓰던 것이었지만 하나의 심에 여러 색이 섞인 색연필을 준 것도 그 친구였다. 오랜 시간이 지나자 그 색연필은 접착력이 헐거워져 심이 나무에서 쏙 빠져버렸다. 그래도 버리기가 아쉬워 몇 년을 더 필기구꽂이에 담아 뒀다. 더는 어쩔 수 없다는 생각이 들어서야 겨우 버릴 용기를 낼 수 있었다. 사물들은 때로는 쓸모 여부에 상관없이 내 삶에서 일정한 지분을 가진 것처럼 자리 잡곤 한다. 해가 갈수록 그 지분은 더 커져서 처분하려면 모진 마음을 내야 한다. 친구와 강의 시간에 주고받던 시 암송 놀이 흔적이 있는 옛 노트를 지금까지 지니고 있는 것도 아마 그래서일 것이다.

낙서의 말뜻을 사전에서 찾으면 '글자, 그림 따위를 장난으로 아무데나 함부로 씀'이라고 나온다. 장난이란 뭔가. '실없이 하는 짓'이다. 사전의 의미에 따르면 낙서의 위상은 비천하다. 낙서 입장에서는, 아니 낙서를 사랑하는 사람에게는 가혹하다고 해도 좋을 정도다. 그러나 이성과 합리 사이에 낙서라는 빈틈이 없다면 과연 어디에서 형

● 낙서란

대세에 동참하지 못하는 자가

스스로

마이너리티 리포트를 생산하는 것.

클어지는 자유, 쓸모없음의 통쾌함을 맛볼 수 있을까.

동아리방에 놓여 있던 '날적이' 노트, 인사동 찻집의 탁자 위에 있던 낙서 노트, 게스트하우스에 비치돼 있던 방명록은 가장 날것의 문학이었다. 그리고 그 안에 담겨 있던 몇몇 구절은 여느 문학 작품 못지않은 감동과 재미를 안겨주곤 했다. 같은 공간과 시간을 체험하는 이들끼리 나누는 이야기는 강력한 공감의 힘을 발휘했고, 자연스럽게 이편의 참여를 유도하곤 했다.

많은 여행자들이 좋은 시간을 보냈다고 말하는 여행지라도 누구에게나 동일한 감흥을 주지는 않는다. 입소문이 퍼지고 퍼져서 많은 이들을 불러 모을 즈음에는 이미 어수선하고 인심도 각박해진 관광지 가운데 하나가 돼 있기 십상이다. 아니, 애초에 세상 모든 사람을 만족시키는 장소란 없을 것이다. 아름다운 자연 속에서 평화롭게 쉴 수 있다고 해서 찾아간 어느 마을은 헐벗은 옷차림의 서양 젊은이들 차지가 돼 있고, 밤이면 바와 술집마다 시끄러운 음악이 흘러나오는 곳으로 변해 있었다. 투어를 강권하는 숙소 주인의 눈동자에 비친 그악스러운 삶의 욕망에 지쳐갈 때 숙소에 비치된 방명록에 누군가 남긴 글을 읽은 적이 있었다.

예수는 말했다. 마음에 들지 않는 마을을 떠날 때는 사정없이 침묵하고, 동구 밖에 와서는 신발의 먼지를 털라고.

글을 남긴 여행자도 머릿속에 그린 장소가 현실과 달라서 당황했던가 보다. 그 글귀를 읽자마자 신기하게도 한껏 부풀어 올랐던 실망감이 가라앉기 시작했다. 잘못이라면 너무 늦게 그곳을 찾았다는 것일 뿐. 소박하게 살아가던 마을 사람들의 욕망을 일깨워 세상 여느 번화가와 다름없이 만든 건 나를 포함해 그곳을 찾았던 모든 이들의 책임이기도 했다. 불만을 품을 일도, 낙담할 일도 아니었다.

방명록에 적힌 낙서의 충고대로 나는 그곳에 머무는 동안 아직 훼손되지 않은 그곳만의 아름다움을 찾아 누리려 애썼다. 그 밖의 것에 대해서는 침묵했다. 그리고 며칠 뒤 다른 곳으로 떠나는 버스에 오르면서 신발의 먼지를 털었다.

낙서의 힘을 알게 된 뒤 앞뒤 맥락 없이 "그만 두고 싶어" "진짜 힘들다" 같은 말을 쓰면 그냥 지나치지 않게 됐다. 이런 고백들은 무방비 상태가 돼야 나오는 속내이다. 여기에는 누군가 알아봐주고 보듬어주길 바라는 여린 자아가 웅크리고 있다. 현재 자신이 어떤 일에 답답함을 느끼는지, 그리고 해방을 바라는지 알 수 있는 실마리가 들어 있는 것이다. 타인의 욕망과 나의 욕구 사이에서 겪는 갈등, 책임에서 도망가고 싶은 마음, 내 뜻대로 안 풀리는 일에 대한 괴로움……

그 모든 것이 담겨 있다.

이럴 때 내가 즐겨 쓰는 방법은 '왜?'와 '어떻게?'를 번갈아가며 던지는 것이다. '왜 그만두고 싶어?' '왜 힘들어?' '어떻게 하길 원해?' '왜 그렇게 못해?' 질문을 거듭해도 다람쥐 쳇바퀴 돌 듯 뚜렷한 답이 안 나올 때도 있다. 그러나 적어도 내 마음을 알아봐주고 인정해줄 수는 있다. 문제점을 알아차리고 인정하는 순간, 막연한 불안과 분노에서 벗어나 문제 해소를 향해 스스로 걸어갈 수 있게 된다. 그 순간 낙서는 의미 없는 장난이라는 사전적 의미에 유쾌한 일격을 가하며 자가 치유의 첫 번째 단추가 돼준다.

우리 속에 내장된 욕망, 무의식, 구속과 억압을 가장 천진한 방식으로 풀어내는 낙서. 구체적이고 정직한 감정을 담은 낙서를 통해 우리는 생의 답답한 한때를 견디며 살아낸다. 만년필, 볼펜, 사인펜, 색연필…… 어느 것이나 단단한 자의식을 풀어헤치는 도구로 손색이 없지만, 내 경우 낙서에 최적화된 필기구는 단연 연필이다. 쓰면서 손으로 위로받고, 사각사각거리는 소리로 세상의 소음을 지운다. 무엇보다 연필심은 지하광물인 흑연과 땅의 일부인 점토의 합작품이기에 내면의 갱도를 탐색하는 데도 그만이다.

연필 소믈리에의
연필 선물하기
———————,

　　배낭여행을 다니던 초기에는 문명과 떨어진 곳
에 사는 현지 아이들을 위해 사탕이나 작은 기념품을 준비해가곤 했
다. 해열제나 항생제 같은 약을 가져갈 때도 있었다. 요즘은 더불어 연
필도 가져간다. 어느 여행자가 준 연필 한 자루가 아이들의 유년에 추
억으로 남기를 바라며. 아이들이 별빛 같은 눈망울로 연필을 쥐고 이
리저리 살펴보며 웃을 때 장마에 개울물이 불듯 기쁨이 차오르곤 한
다. 그런 순간이면 나는 내 진짜 이름에 한 걸음 다가갔다고 느낀다.

　　호메로스 시대에는 사람과 사물이 각각 두 개의 이름을 가지고 있
었다고 한다. 사람이 붙인 이름과 신이 내려준 이름. 신이 내려준 이름

은 각자의 본질을 담은 진짜 이름이다. 오늘날의 세계에 진짜 이름은 두터운 화산재에 덮이듯 흔적이 없고, 오랜 수행으로 단련된 이들만이 찾아낼 수 있다. 진짜 이름을 알면 우주의 운행 원리를 읽을 수 있는 자음과 모음을 얻은 것이나 다름없다.

나는 당신을 '당신'이라고 부르는 대신 오래된 이름을 상상해본다. 당신의 본질을 담은 이름은 무엇일까. 당신이 간직한 최후의 비밀은 무엇일까. 진짜 이름을 상상한다는 것은 '유익한 산만함'이라고 부를 만한 몽상에 빠져드는 일이기도 하다. 그 몽상의 끝에서 나는 사람과 사물에 대한 오염된 기억과 고정관념을 내려놓고 최초로 대상과 만난다. 첫 인사, 첫 악수를 나눈다.

연필을 선물하는 것은 상대의 진짜 이름을 상상해보는 일과 비슷하다. 어떤 연필이 가장 어울릴까 궁리하다 보면 자연스럽게 그 사람만의 독자적인 이미지가 떠오르게 마련이다. 그리하여 나는 마치 연필 소믈리에가 된 것처럼 연필 목록에서 한 자루의 연필을 고른 뒤 말한다.

"이 연필은 1996년산인데 흑연의 질감이 촉촉해서 부드럽게 종이에 스며듭니다. 보답 받지 못하는 사랑에 지친 당신에게 맞을 것 같군요."

최근에 힘든 일을 겪은 이에겐 연필과 종이가 신경전을 벌이는 것처럼 저항감을 주는 연필은 어울리지 않을 것이다. 종이에 발라지는 듯 부드럽고 진하게 써지는 연필이 낫다. 그이에겐 아직 적당한 마찰력이 있는 연필을 느낄 만한 여유가 없다.

"당신은 매사에 좋고 싫음이 분명하고 깔끔한 성격이니 단단하고 매끄러운 심의 연필이 좋겠어요."

이런 타입은 몇 줄 쓰지 않아 흑연이 퍼지면서 뭉개지는 연필을 별로 좋아하지 않는다. 실의에 빠진 이를 위해선 마모도가 있는 연필을 고른다. 몽당연필을 만드는 사소한 일을 통해서 성취감을 맛볼 수 있으니까. 이런 식으로 연필을 고르다 보면 타자가 모호한 막을 벗고 정체성의 윤곽을 드러내며 떠오른다. 연필 소믈리에가 얻는 소소한 재미 가운데 하나이다.

누군가에게 연필을 한 자루 건넸는데 다음에 만났을 때 훌쩍 길이가 줄어들어 있으면 친밀감이 뭉클 솟아난다. 연필을 쥐고 종이를 응시하는 시간, 잠깐이나마 속을 풀어내고 다듬는 시간을 각자 다른 공간에서 나눈 것 같은 느낌이랄까. 설령 끝없는 숫자와 기호를 채워 넣고, 낙서를 하느라 연필이 닳았다고 해도 괜찮다. 스마트폰을 만지작거린 끝에 피로해지는 것보다는 백배 낫다.

응급실에 근무하는 의사가 만취해서 소동을 부리는 환자에게 시달린 뒤 연필을 쥐고 폭풍처럼 한자 쓰기를 하며 스트레스를 풀었다

● 연필을 선물하는 것은

상대의 진짜 이름을 상상해보는 일과 비슷하다.

어떤 연필이 가장 어울릴까 궁리하다 보면

연스럽게 그 사람만의 독자적인 이미지가

떠오르게 마련이다.

는 이야기를 들은 적이 있다. 근무 시간 중에 근무지를 이탈할 수도, 술을 한잔 할 수도 없는 상황에서 연필은 급성 진정제였을 것이다. 우울증 때문에 고생하다 병원을 찾은 후배가 들려준 얘기가 있다.

의사가 "어디가 불편해서 오셨어요?" 하고 묻고는 연필을 쥐더라고 했다. 후배는 주저하다가 조금씩 이야기를 털어놓기 시작했고, 의사는 차트에 간간이 뭔가를 적어나갔다. 연필로 슥삭슥삭 쓰는 소리를 듣자 후배는 긴장했던 마음이 풀어지고 여유가 생겼다. 또 의사가 연필로 꾹꾹 눌러쓰지 않고 물 흐르듯 가볍게 쓰는 것이 마음에 들었다. 자신의 답답하고 우울한 마음이 언제든 지우고 다시 쓸 수 있는 일시적인 현상처럼 느껴져 한결 부담이 덜했다는 것이다.

"만약 만년필이나 볼펜으로 썼다면 부담스러웠을 것 같아요" 하고 후배는 말했다. 자신의 이야기가 잉크로 기록됐다면 마치 지울 수 없는 확정적인 덫에 걸렸다는 생각 때문에 마음을 열지 못했을 것 같다고. 그 의사가 원래 연필을 좋아하는 사람인지, 아니면 환자의 마음을 편하게 해주고 싶어 의도적으로 연필을 선택한 것인지는 모르겠다. 어쨌든 아직까지는 우울증으로 고생해도 병원을 찾기까지 용기가 필요한 현실이고 보면 괜찮은 방법이 아니었나 싶다.

"연필 한 자루에는 56킬로미터의 줄을 그을 수 있는 정도의 흑연이 들어 있습니다."

미국 연필회사의 말이다. 연필 한 자루를 처음부터 끝까지 쓰면 56킬로미터의 세상을 온몸으로 다져가며 새기게 되는 셈이다.

살다보면 이런 말이 나도 모르게 새어나올 때가 있다.

"그들 중 하나로 사는 데 지쳤어."

'그들 중 하나one of them'로 살기. 누군가는 열망하고, 누군가는 진저리를 내는 그것.

때때로 나는 마크 트웨인의 말을 기억하곤 한다.

"우리가 광인임을 기억하는 순간, 수수께끼는 사라지고 삶은 설명된다."

'우리 모두all of us'는 무엇인가에 조금씩 미쳐 있다. 돈, 명예, 권력, 희망, 정념, 애착, 슬픔…… 같은 것에 휘말리면서 자신의 진짜 이름 따위는 까맣게 잊고 산다. 산다는 것은 '그들 중 하나'의 절망과 '우리 모두'에 담긴 안도감 사이를 왕복하는 일이다. 인간은 소중한 것을 잃은 뒤에도 계속해서 살아나가야 하는데, 현대 사회는 그것을 쓸쓸하게 여길 여유조차 주지 않는다. 행복과 감사의 순간이 와도 달리는 자동차 밖 풍경처럼 너무 빨리 지나쳐간다.

사느라 흔들리고, 쓰라려하고, 좋은 순간이 와도 충분히 음미하지 못하는 사람들에게 연필을 쥐어 주고 싶다. 그 손에 쥔 것은 단순히 연필 한 자루이지만, 강력한 엔진이 붙어 있어 그걸로 아주 먼 곳까지 여행할 수 있다고 말해주고 싶다.

　나무에 감싸여 있는 단단한 잉크, 누워서 써도 거꾸로 흐를 염려
가 없는 잉크인 연필로 쓰면서 우리는 세상이라는 올가미에 사로잡히
기 전에 지녔던 최초의 이름에 다가간다. 그러면서 살과 피를 가진 인
간으로서 저지르는 숱한 오류를 이해하고 받아들이거나 떠나보낼 힘
을 얻는다. 내가 그랬다.

당신의
왼손
──────,

　　　나는 왼손잡이로 태어났다. 그러나 지금은 양손
을 다 쓴다. 내가 자랄 때만 해도 어른들은 왼손을 부정한 것으로, 그
리고 왼손의 사용을 불길한 전조로 생각했다. 과장을 조금 섞어 말하
자면 왼손잡이를 마치 불가촉천민처럼 여겼다고 할까. 인도 사람들처
럼 그랬다. 인도에서 현지인에게 왼손으로 돈이나 물건을 건네는 것
은 대단히 무례하고 불쾌한 행동에 속한다. 그들에게 왼손은 철저하
게 세속에 속한 세계이고 신성하지 않은 부위니까.

　　밥상머리에서 본능이 이끄는 대로 왼손으로 숟가락을 들었다가
머리에 꿀밤을 맞고서야 얼른 오른손으로 바꿔 쥐던 날들이 떠오른

다. 어른들은 조지 오웰의 소설 《1984》에 나오는 빅 브라더처럼 내가 어느 쪽 손을 쓰는지 늘 지켜봤다. 세상은 오른손잡이들이 장악하고 있었다.

《1984》의 주인공 윈스턴은 몰래 일기를 쓰는 것만으로도 사상경찰이 잡아갈 거라며 두려움에 떤다. 어른들 몰래 왼손으로 뭔가를 잡을 때 내 심정이 딱 그랬다. 어디선가 번개처럼 나타나 왼손을 사용한 대가를 치르게 하지 않을까 불안했다. 그럼에도 내 몸이 편한 대로 하고 싶다는 욕구를 포기하지 못했다. 나는 사상경찰이 아니라 오른손 경찰의 눈을 피해 몰래 몰래 왼손을 해방시키곤 했다.

내 경우 감시자들은 언니들이었으므로 빅 브라더가 아니라 빅 시스터라고 해야 하려나. 비밀리에 유지한 내 왼손 사랑은 자주 빅 시스터의 통제 아래 진압되곤 했다.

"또, 또 왼손으로 하네! 오른손!"

어른들은 왜 그리 대세에 따르기를 좋아할까. 나는 울며불며 저항하다가 조금씩 포기했다. 몇 년 뒤에는 오른손에 쥔 숟가락으로 국을 떠먹어도 흘리지 않고 입에 넣을 수 있었다. 초등학교 고학년이 돼서는 오른손으로 젓가락질도 할 수 있게 됐다. 나로서는 최선을 다했건만 내 모습을 본 어른들은 꼭 한마디씩 했다.

"참 어설프다, 어설퍼."

그럴 때면 어찌나 억울하고 약이 오르던지. 오른손잡이가 되는 길은 쉽지 않았다. 어설프고 서툰 세월을 오래 지나야 했다. 소설 《1984》의 끝부분에서 조지 오웰은 섬뜩한 반전으로 암울한 미래상을 완성한다.

그는 빅 브라더를 사랑했다.

반전도 이런 반전이 없다. 윈스턴은 빅 브라더의 사랑이 가득한 품안을 떠나 사십 년 동안 고집을 부려 유형流刑을 선택했다며 지난 세월을 후회한다. 심지어 눈물까지 흘린다. 반복되는 고문과 세뇌가 억압에 저항하던 한 사람을 이렇게 만들고 말았다. 차라리 자신을 말소시키고 억압자를 사랑하는 것으로.

내가 빅 시스터의 세계에 귀의해 평화를 찾은 것도 같은 이유에서였다. 왼손이라는 개성을 억압하는 이 세계의 폭력에서 벗어나 오른손의 세계에 투항하는 것으로 타협점을 모색한 것이다. 밥상 앞에서 밥을 볼모로 한 타박과 회유의 힘은 어린이가 넘어서기엔 너무 큰 시련이었으니까.

어른이 된 지금 필기구는 오른손으로 사용하고, 칼이나 가위, 공구들은 왼손을 쓴다. 심지어 바느질도 왼손으로 한다. 탁구나 배드민

마음이라는 코끼리를 세심한 주의를
기울여 온갖 방향으로 끌고 가보면
모든 공포는 사라지고
완전한 행복이 찾아오게 되리라.
모든 적들, 그러니까 우리 마음 속에 있는 호랑이,
사자, 코끼리, 곰, 뱀,
그리고 지옥의 파수꾼들인 악마와 공포
이 모든 것을 당신의 마음이 지배하고
길들여 다스릴 수 있노라.
온갖 두려움과 측량할 수 없는 슬픔은
마음으로부터 오기 때문이다.
- 샨티데바 Shantideva

●   내 안의 때 묻지 않은

어린 자아가 왼손에 깃들어

　　　써내려간 글자들.

　　　　　　평소 외면해오던 마음들이

　　　　왼손으로 옮겨가

　　　　　살고 있었던 건 아닐까.

턴을 칠 때는 어느 쪽 손으로 채를 잡아야 할지 아직도 정하지 못했다. 양쪽 다 비슷하게 어설프다. 어린 시절 가장 문제가 됐던 숟가락질, 젓가락질은 양손을 모두 사용한다. 오른손으로 밥을 한 술 뜨고 왼손으로 반찬을 집는 식이다. 맛있는 반찬을 남보다 더 빨리, 많이 먹을 수 있다는 장점이 있다.

이제는 내가 어느 쪽을 사용하건 그냥 그 자체로 받아들여주는 나이가 됐다. 아무도 나를 교정하려 하지 않는데 지금도 어른들과 함께 식사할 때는 살짝 긴장한다. 내면화된 윤리는 이래서 무섭다.

어린 시절에 이상하게 필기구만큼은 왼손을 쓰겠다고 고집한 기억이 없다. 자연스럽게 왼손은 필기구의 세계에서 배제됐다. 그런 왼손을 위로하기 위해 어른이 된 뒤 가끔 왼손으로 쓰곤 한다. 왼손으로 쓸 때 글씨에 대한 야망은 소박해진다. 무슨 글자인지 알아볼 수만 있어도 성공이니까.

왼손으로 한 자 한 자 정성껏 쓰다 보면 중세시대 수도원에서 양피지에 책을 베끼던 필사가가 된 기분이다. 온 정성을 다해 글씨를 통해 신성에 닿으려 했던 그들의 심장이 내 안에서 뛴다. 나도 마음에 느리게 새겨 넣고 싶은 글이 있을 때는 일부러 왼손의 서투름에 기댄다. 익숙함이나 타성에 기대지 않고 서툴고 엉성하게 글자를 숫제 그린다. 시간이 더 오래 걸리기에 마음에 더 오래 남는다.

마음이 어지러울 때는 산티데바 같은 현자들의 말을 왼손으로 써 보곤 한다. 익숙하지 않은 손의 감각을 일깨우면서 한 획, 글의 내용을 온몸에 새겨 넣으며 한 획씩 써나간다. 시간이 지나면 복잡하던 마음이 단순해지고 개운해진다. 그 지점에서 좀 더 나아가면 모든 것을 있는 그대로 받아들일 수 있을 것처럼 몸도 마음도 잠잠해진다. 왼손 테라피의 힘이다.

왼손으로 쓴 글자는 마치 초등학생이 꾹꾹 눌러 쓴 것 같다. 그 모양이 귀여워 오래 바라볼 때가 있다. 동네 골목에서는 야채 행상의 마이크 소리가 울려 퍼지고, 새 한 마리가 전깃줄 위에 앉아 한참 지저귀다 포르르 날아간다. 그리고 내 앞에는 왼손으로 쓴 종이 한 장이 있다. 내 안의 때 묻지 않은 어린 자아가 왼손에 깃들어 써내려간 글자들. 평소 외면해오던 마음들이 왼손으로 옮겨가 살고 있었던 건 아닐까.

미안해, 내가 잘못했어. 화 풀어.
네가 참 좋아.

왼손에서 탄생한 서툰 글자들이 그 안에 담긴 마음마저 천진하게 보이게 만들어서일까. 왼손 글씨로 실수를 사과하거나, 친밀감을 고백하는 편지 또는 쪽지는 효과도 좋다. 피식 웃음이 나오면서 마음이 풀어진다. 불화는 오래지 않아 해소되고 왼손으로 표현한 다정함의 기억은 쉽게 사라지지 않는다.

때로는 왼손으로 쓰면서 내가 자신의 미숙함을 얼마나 참을 수 없어하는지, 기꺼이 바보가 되는 것을 두려워하는지 발견한다. 정말 바보처럼. 이것이야말로 빅 브라더가 일생을 통해 주입하는 사상이 아니었던가. 항상 똑바로 가라고, 흐트러지지 말라고 주입하던 불온한 말들.

중세에 금을 세공하던 장인들은 손가락으로 굴려보고 눌러보면서 불순물을 감지해냈다고 한다. 왼손으로 쓰면서 나도 내 안의 불순물을 탐색한다. 오른손에 가려 숨어 있던 내면의 순금을 가다듬는다.

왼손으로 쓰기는 일러준다. 사랑이 올 때 반드시 인내심도 함께 동반하는 것은 아니라는 것을. 연필을 후딱 오른손으로 바꿔 쥐고 편하게 썼으면 싶은 욕구가 매 순간 솟아난다. 손과 팔목, 종이와 연필은 화합을 거부하는 가족처럼 헛돈다. 인내도 쓰고 그 열매도 쓴 것이 왼손으로 쓴 글자들이다. 귀여운 실패이고, 친근한 서투름이다.

적당한 진하기의 연필을 좋아하는 나로선 2H를 넘어서는 연한 연필은 잘 안 쓰게 된다. 그러나 왼손으로 쓰면 연한 연필의 진가가 나타난다. 더 부드럽고 진해진다. 오른손으로 쓸 때와는 사뭇 다른 필감이라서 "누구세요?" 하고 인사할 뻔한 적이 한두 번이 아니다. 아마도 양손의 필압 차이와 느린 속도 때문에 연필의 매력을 새롭게 느끼는 게 아닐까 싶다. 왼손으로 쓰기는 외면당한 연필에도 새로운 생명력을 불어넣는다.

내 뜻과 다르게 흘러가는 일을 만날 때도 왼손에 연필을 쥐고 글을 쓴다. 연필을 쥐고 손에 힘을 잔뜩 줘도 글자의 획은 이쪽저쪽으로 못나게 휘어지기 일쑤다.

'이것 봐. 내 몸도 내 의지대로 안 되잖아.'

통제할 수 없는 세상사에 대한 은유로 이만한 게 있을까. 세상 모든 일은 나름의 질서와 리듬에 따라 흘러간다. 내게 불리하고 억울한 일이라고 해도 전체를 놓고 보면 이치에 맞는 일일 수 있다.

'내 몸의 반쪽도 내 마음대로 할 수 없는데 세상과 타인의 마음을 제멋대로 탐했구나.'

나는 마침내 온몸으로 납득하게 된다. 그리고 자유를 얻는다. 왼손으로 쓰기는 몸의 형제애와 삶의 균형을 회복하는 일이다.

오른손잡이인 당신의 왼쪽, 그러니까 다른 사람의 여담이 되는 쓸쓸함에 대해 생각하는 일이기도 하다.

지 우 개 로
싹 싹 지 우 고 싶 을 때
——————,

어린 시절 내게는 묘한 습관이 있었다. 초등학
교 때 일주일에 한 번 일기장을 제출해 검사를 받아야 했다. 필기구
는 당연히 연필. 나는 되도록 지우개를 사용하지 않고 계속 써나가는
것을 즐겼다. 예를 들어, ㅎ으로 시작하는 단어를 써야 하는데 실수
로 ㄷ을 썼다면 어떻게든 ㄷ으로 시작하는 단어를 사용해 글을 이어
가는 식이었다. 누가 가르쳐준 것도 아닌데 꽤 오랜 동안 이 방법을
애용했다.

지우개로 지운 뒤 다시 쓰면 흐름이 끊긴다고 생각했을까. 단순히
귀찮아서였을까. 한 가지 분명한 건 그렇게 하다 보면 뜻밖의 낱말을

궁리해 끌어오게 되고, 애초에 생각했던 낱말을 쓴 것보다 내용이 더 풍부해진다는 것이다. 일찍이 실수를 다른 방식으로 완성해 승화시키는 법을 연습한 것 같아 신통하다. 어른이 되면서 조금씩 잃고 마는 유연함을 그때는 간직하고 있었던 게 아닐까.

살다 보면 지난날을 통째로 포맷하고 싶은 충동이 일어날 때가 있다. 메모리에 쌓인 기록을 싹 지우고 처음부터 다시 시작하고 싶은 것은 인간의 내밀한 욕망 가운데 하나일 것이다. 그 욕망이 가장 극단적인 방법으로 표출된 것이 컴퓨터 게임에 빠진 10대들이 앓는다는 '리셋 증후군'이다. 리셋reset은 컴퓨터가 오류를 일으켰을 때 시스템을 초기화하는 것을 말한다.

리셋 증후군에 사로잡힌 이는 현실에서 일이 잘못되거나 실수를 하면 책임을 지기보다 극단적인 방법으로 상황을 해결하려고 한다. 마음에 안 드는 일과 사람들을 쉽게 버리고 현실을 다시 구성할 수 있다는 생각 때문에 범죄를 저지르고도 아무 일도 일어나지 않은 것처럼 무감각해진다. 리셋 세대, 리셋 제너레이션이란 말은 현실과 가상 세계를 혼동하는 사회 병리적인 현상을 일컫는 용어가 됐다. 그러나 컴퓨터는 리셋이 가능하지만 인생에는 리셋이 없다. 오늘의 나는 어제까지의 내 생각, 행위, 마음이 차곡차곡 쌓인 결과인 것이다.

한때 내 주변에 '친구 일습을 바꾸고 싶다'는 우스갯소리가 유행한 적이 있다. 이 농담에서 방점은 '옷, 그릇, 기구 따위의 한 벌'을 뜻하는 '일습'이란 단어에 찍혀 있다. 누가 먼저 이 고풍스런 단어를 조합해 썼는지는 모르겠다. 친구는 당연히 옷, 그릇, 기구 따위가 아닌데도 절묘하게 어울리는 단어이다. 일습, 통째로 바꾸는 것. 살다 보면 '가족 일습' '직장 구성원 일습'처럼 진용의 짜임새를 싹 바꾸고 싶을 때가 한두 번이 아니다. 정치인이나 국가 지도자는 정해진 임기가 끝나면 다시 선출할 기회라도 있다. 그러나 가족을 5년마다 다시 뽑을 수는 없다. 친구를 4년 주기로 바꿀 수도 없다. 주어진 조건 안에서 어떻게든 몸과 마음을 다치지 않고 살아내야 한다는 것이 우리가 지닌 고단함의 뿌리다.

이 땅에서 로그아웃하고 싶고, 현실을 리셋하고 싶은 욕구가 일어날 때마다 나는 어린 시절의 쓰기를 떠올리곤 한다. 무심코 잘못 쓴 자음을 싹싹 지우는 대신 어떻게든 살려보려고 애쓰던 재활용 정신을. 어쩔 수 없이 몇 줄을 통째 지워야 해도 그 일을 수치스럽거나 큰 수고라고 여기지 않았다. 어른이 된 지금보다 실수에 대해 여유와 관조, 자연스러운 용납의 태도가 있었다.

계란을 한 바구니에 담지 말라는 투자의 격언이 있다. 그런데 우리는 거침없이 행복을 한 바구니에 담곤 한다. 그러고도 그 위험을 미처 깨닫지 못하고 살아간다. '~하기만 하면' 행복이 단숨에 성취되리라는 기대를 평생 바꿔가며 품는 것이다. 인생의 가장 가치 있는 문장은 조건문으로 완성되지 않는다는 것을 깨닫기까지 숱한 시행착오를 되풀이해 겪어야 한다. 그러다 심신이 모두 상해서야 겨우 억지로 체념한다.

돌아보면 나도 행복이라 이름 붙인 조건을 한 바구니에 넣어 허공에 걸어두고 그걸 얻기 위해 버둥거린 적이 많았다.

'이번 책만 무사히 쓰면…… 이번 책이 잘 되기만 하면…… 체력이 더 좋다면…… 돈 걱정 없이 여유롭게 여행할 수 있다면…… 그때 그 일이 일어나지 않았다면…… 작업실이 따로 있다면…….'

그 모든 갈망을 하나하나 파고들어 허구성을 간파한 뒤 나의 삶은 달라졌다. 이를테면 나는 더 이상 작업실 타령을 하지 않는다. 직장인처럼 정해진 장소에 출근해 작업에만 집중하고, 퇴근한 뒤 좋은 사람들과 따뜻한 저녁 시간을 갖는 것. 한때 작업실에 대한 내 로망은 깊고도 간절했다. 분수에 넘치는 것을 무리해 구하다 보면 슬픔이 생긴다. 반드시, 라고 말해도 좋을 만큼 필연적인 수순이다.

현실을 바꾸기 어렵다는 걸 알게 되면 마침내 인간은 자기 개조에 이르게 된다. 나는 마치 아이가 걸음마를 배우듯, 나라고 하는 인간이 지닌 조건을 받아들이는 연습을 했다. 생활공간과 작업공간이 겹쳐서 오는 불편함은 일상을 절제하는 것으로 넘어섰다. 자신의 약한 부분

● 지우는 것보다 쓰기에 집중할 것.

완벽한 필기, 완벽한 삶,

완벽한 자신이란 것은

허상에 불과하다는 것을 알아차릴 것.

리셋이 아니라

리폼 정신으로 살아가기.

을 보태고 채워서 튼튼하게 하는 일이 처음부터 쉬웠을 리 없다. 그러나 절박해지면 어느 순간 이런 마음이 든다.

'내가 허황된 꿈을 꾸고 있었구나. 늘 바깥에서 원인을 찾으면서 행복을 바랐구나.'

간단해 보이는 말이지만 머리로 이해하는 것과 내 생활에 적용하는 것 사이에는 큰 차이가 있다. 이미 알고 있다고 착각하는 사실이 공중으로 솟구친 연이라면, 내 것으로 소화하는 것은 그 연의 실을 감아 지상으로 끌어내려 손에 쥐는 것이다. 평범해 보이는 진실이 마음 깊숙한 곳을 꿰뚫을 때 그것은 앞으로 절대 잊어버리지 않는 자신만의 지혜가 된다.

그 뒤 나는 집에서 집으로 출근해 대부분의 책을 썼다. 2002년에 구입한 평범한 사무용 책상이 나의 사무실이자 작업장이다. 요즘은 카페에서 작업하는 이들도 많다. 그러나 애석하게도 나는 광장형이 아니라 동굴형 인간이다. 그러니 집밖에 다른 대안이 없었다. 내가 지닌 것 안에서 길을 찾으면서 마침내 나는 외부로 향하던 마음을 멈출 수 있었다. 다른 장소로 눈을 돌리는 에너지와 시간을 허비하지 않게 돼서 얼마나 좋은지 모른다.

행복에 조건문을 내걸던 습관을 버리기 위한 훈련도 함께 했다. 책 한 권으로 자고 일어났더니 대단한 일이 일어날 거라고 기대하지 않는다. 그저 하루하루 최선을 다하는 과정에서 만족을 찾는다. 몸이 좋지 않을 때는 하루나 이틀쯤 푹 쉰다. 물을 끓이고 커피를 갈아 정성 스레 한 잔 내려 음미할 때, 흰 꽃을 가득 피워낸 조팝나무를 눈에 담 으며 산책할 때 나는 내가 움켜쥔 행복의 실체를 다행히 알아본다.

연필은 노력하면 1년에 꽤 여러 자루를 몽당연필로 만들 수 있다. 그러나 지우개는 부지런히 써도 1년에 하나 쓸까 말까이다. 인생도 이 와 같다는 생각이 든다. 지우는 것보다 쓰기에 집중할 것. 완벽한 필 기, 완벽한 삶, 완벽한 자신이란 것은 허상에 불과하다는 것을 알아차 릴 것. 리셋이 아니라 리폼 정신으로 살아가기.

어린 시절의 내가 곧잘 했던 틀린 자음 활용하기 정신을 생각할 때마다 일본의 한 소설가가 했던 말이 생각나곤 한다.

"나는 늘 무언가를 순수하게 받아들이는 것도 위대한 재능의 하 나라고 생각한다."

받아들인다는 것은 소극적이고 비겁한 타협이 아니다. 현실을 정 확하게 인식하고 두 발을 단단히 땅에 착지한 뒤 시선을 멀리 뻗어 수 습을 도모하는 용기와 지혜를 뜻한다. 어른이 된 내가 어린 시절의 내 게 구해야 할 슬기로움이다.

손 을 귀 에 댔 더 니
———,

지금까지 인류의 기술 문명은

손의 노동을 덜어주는 쪽으로 발전해왔다.

손에 흙과 물을 덜 묻히고

종이에 글을 직접 쓰지 않아도 되도록.

그렇게 자유로워진 손으로

우린 얼마나 더 많은 행복을 움켜쥐었을까.

하루 종일 누르고, 되돌리고, 터치하기에 바쁜 손.

게을러진 손, 무미해진 손, 부끄러워진 손.

우리가 자발적으로 쓰기의 기능을 구조 조정해

몸의 능동성을 하나씩 잃어가는 동안

인간이기에 지닐 수 있는 소중한 능력도

장작불에 내리는 눈송이처럼

사라져가는 것은 아닐까?

예전에 비해 연필을 쥐고 글 쓰는 시간이 현저하게 줄어서
요즘 아이들은 글씨를 잘 못 쓴다고 한다.
내가 아는 어른 하나는 하루 종일 직접 쓰는 글씨라고는
카드를 결제하며 사인을 할 때뿐이라고 했다.

우리가 자발적으로 쓰기의 기능을 구조 조정해
몸의 능동성을 하나씩 잃어가는 동안
인간이기에 지닐 수 있는 소중한 능력도
장작불에 내리는 눈송이처럼 사라져가는 것은 아닐까?

손에서 자꾸 무슨 소리가 들려 귀에 가져가면
손톱이 자라며 노래를 불렀다.
안전하고 편한데 뭔가 허전해.
어느 정도 자라면 당신 몸에서 잘려나갈 운명이지만
그 전에, 생이 다하기 전에
나는 좀 더 많은 곳에 닿고 싶네.

흑연 향기
바람에 휘날리고

——————,

거리 저편에서 한 남자가 걸어온다. 어느 거리, 극장, 식당, 카페에서나 볼 수 있는 평범한 외모의 남자다. 키도 평균, 얼굴도 어느 한구석 모나거나 튀는 부분이 없어 보인다. 표면의 예사로움이 고유한 내면을 잘 감싼 덕분에 그는 나를 지나치는 순간 곧장 군중의 한 사람이 되고 말 것이다. 거리에는 지금은 보이지만 곧 보이지 않게 될 사람들로 가득했다.

짙은 감색 양복에 푸른색 빗살무늬 넥타이를 하고, 검은색 서류가방을 한쪽 어깨에 멘 그는 일정한 보폭으로 내 쪽으로 다가왔다. 나이는 삼십 대 후반쯤으로 보이지만, 그보다 젊거나 더 나이 들었을 수도 있다. 그는 시선을 똑바로 앞쪽으로 향한 채 망설임 없이 걸어온다. 나도 걷고 있으므로 우리 사이의 거리는 시시각각 좁혀진다.

때는 늦가을 오후. 열기를 잃은 햇살이 서서히 서쪽으로 비켜서고 있다. 공기는 건조하고, 새파란 하늘은 뒤쪽으로 훌쩍 물러나 아래를 굽어보고 있다. 무슨 일이 일어날까 봐 두려운 한편, 끝내 아무 일도 일어나지 않아 실망스러운 보통의 날이다. 마침내 맞은편의 남자와 나는 바로 옆에서 스쳐 지나간다. 서로의 걸음에 탄력이 붙어 있어 실제로 스친 것은 그야말로 찰나였다.

그가 시야에서 완전히 이탈한 뒤 나는 그 자리에 우뚝 섰다. 뒤돌아 남자를 바라봤다. 이제는 남자의 뒷모습밖에 볼 수 없다. 그는 팔을 흔들며 성큼성큼 내게서 멀어지는 중이었다. 설명할 수 없는 뭔가가 마음에 걸렸다. 아는 사람이거나 돈을 빌려준 뒤 소식이 끊긴 이도 아니다. 분명 처음 본 남자였다. 잠시 뒤 나를 불러 세운 것의 정체를 깨닫는다. 그의 몸에서 풍기던 향수 냄새. 그것은 확실히 흑연 냄새였다. 단정하면서도 깔끔하고 남성적인 냄새. 몇 초쯤 지나자 공기 중에는 코끝을 스치고 간 희미한 여운만 남았다.

흑연향이라니. 지리산 밑에서 고래 고기를 파는 식당을 발견한 것처럼 고개를 가로저었다. 연필에 빠진 나머지 이제는 광부 같은 냄새를 풍기는 남자에게 끌리는 건가. 여기는 도시 한복판이다. 가느다란

● 그것은 확실히 흑연 냄새였다.

단정하면서도 깔끔하고

남성적인 냄새.

몇 초쯤 지나자

공기 중에는 코끝을 스치고 간

희미한 여운만 남았다.

흑연 심은 나무에 감싸여 내 가방 속 필통에나 있을 뿐, 흑연 따위는 어디에도 없다. 가방 속 연필의 흑연 냄새를 맡을 만큼 내 후각이 빼어나다고 할 수는 없다. 내 후각 신경세포는 보통이거나 보통 이하의 수준이다.

나중에 찾아보니 실제로 그런 향수가 있었다. 발망에서 나온 남성용 향수인 카본carbon. 사용자들이 영어 단어를 동원해 작성한 상품평을 읽었다.

'톡 쏘는 스파이시한 향으로 시작하지만 날카롭거나 자극적이지 않다. 우아하고 세련된 남자의 향이다. 강한 석탄 냄새가 알코올과 섞여 산뜻한 느낌을 준다. 마치 향 좋은 연필을 코끝에 대고 있는 느낌이랄까. 베이스로 갈수록 물 냄새가 섞인 머스크(사향) 향이 차분하고 깨끗하게 퍼진다. 지적이고 세련된 느낌의 향이다.'

그렇구나. 그날 내가 맡았던 냄새의 정체가 바로 이거였어. 나는 고개를 끄덕였다. 그 옛날 영국의 컴벌랜드 광산에서 일하던 광부들은 따로 향수를 쓸 필요가 없었겠다. 흑연 향이 자연스럽게 몸에 배었을 테니.

상상해본다. 비밀 작전을 의논하기 위해 조직의 한 남자가 여자 요원을 만나야 한다. 그들은 사람들의 주의를 끌지 않기 위해 인파가 많은 곳에서 접선하기로 한다. 남자가 전화를 건다.

"난 당신 얼굴을 모르는데 어떻게 접선하죠?"

남자의 말을 듣자마자 여자 요원이 제안한다.

"난 흑연 향에 민감해요. 발망 카본 향수를 뿌리고 나오세요. 그 향수라면 금방 알아볼 수 있어요."

"같은 향수를 뿌린 남자가 여러 명 있다면?"

남자가 이의를 제기한다.

"왼손에 모나미153 볼펜을 한 자루 들고 있어요. 너무 흔해서 아무도 신경 쓰지 않을 테니까요."

여자 요원이 자신의 제안을 수정, 보완한다. 하지만 이번에도 남자는 허점을 지적한다.

"잠깐. 발망 카본에 모나미153 볼펜이라니. 어울리지 않아요. 금방 눈에 띄고 말 거요."

"그럼 피에로 복장이라도 하려고요? 분명 세상 어딘가에는 발망 카본을 뿌리면서 국민 볼펜인 모나미153을 쓰는 남자가 있을 거예요. 당신은 그중 한 명이 되는 거고요."

남자는 한숨을 한 차례 쉰 뒤, 자신의 섬세한 취향을 눅이고 여자의 제안을 따르기로 한다. 분명 세상에는 그런 남자도 있을 것이다. 다양한 취향의 조합이 만들어내는 복잡성이야말로 문명의 기초일 테니. 게다가 카본 향수와 모나미153 볼펜이 안 어울린다는 건 어디까지나

이쪽의 주관적인 판단일 뿐이다.

세상 어딘가에서 실제로 이런 접선이 이뤄지고 있는지도 모른다. 그리고 세상 어딘가에는 가끔 뚜껑을 열어 흑연 향을 맡기 위해 발망 카본을 구입하는 싱글 여자도 있을 것이다.

신경 말단은 분자 8개만 있으면 자극을 받는다고 한다. 하지만 어떤 냄새를 맡기 위해서는 최소한 40개의 신경 말단이 흥분해야 한다. 무중력 상태에 있는 우주인들은 우주에서 맛과 냄새를 잃어버린다. 중력이 없는 상태에서는 입자들이 휘발하지 못하기 때문에, 냄새로 지각할 수 있을 정도로 코로 깊이 들어오는 입자가 거의 없어서다.

그러므로 우주여행을 떠날 때 향수 따위는 챙기지 않아도 된다. 우주에선 음식 냄새도 안 나기에 맛도 못 느낀 채 본능적으로 씹고 삼켜야 한다. 어느 특정한 냄새를 선호하고 혐오한다는 건 살아 있다는, 우리의 감각이 지구의 중력에 매여 있다는 생생한 신호인 셈이다.

그날 거리에서 흑연 향에 끌려 우뚝 멈춰 선 것은 이 지구별만의 매혹이 나를 부르던 순간을 용케 붙잡은 덕분이었다. 놓치는 줄도 모르고 지나쳐버린 것, 어떤 실감도 없이 통과해버린 무감각의 순간이 압도적으로 많은 것을 생각하면 간신히 그러잡은 행운이었다.

제
4
장

미치지 않은 사람은
깊은 정이 없다

연필수집가를 위한 변명

———— ,

조선 후기 실학자였던 박제가는 마니아 기질인 '벽癖'에 대해 다음과 같이 썼다.

벽癖이 없는 사람은 버림받은 자이다. 벽이란 글자는 질병과 치우침으로 구성되어 편벽된 병을 앓는다는 의미가 된다. 벽이 편벽된 병을 의미하지만 고독하게 새로운 세계를 개척하고, 전문적 기예를 익히는 자는 오직 벽을 가진 사람만이 가능하다.

—《궁핍한 날의 벗》

요즘 하루가 멀다 하고 연필이 든 택배를 받는 내게 이보다 위안이 되는 말이 있을까. '평범하고 상식적인 세계에 안주하며, 틀에 짜 맞춘 규격품 같은 사고를 하는 인간을 혐오한(번역자 해제)' 박제가다운 글이다. 아…… 북학파, 존경합니다. 실학파, 사랑합니다.

박제가가 쓴 위의 문장은 〈꽃에 미친 김군〉이란 제목으로 김군의 《백화보白花譜》라는 그림책에 써준 서문의 일부이다. 김군은 꽃에 미쳤던가 보다. 어느 정도였냐면 꽃 아래 자리를 마련하여 누운 채 손님이 와도 말 한마디 건네지 않았다고 한다. 날만 밝으면 화원으로 날래게 달려가서 꽃을 주시한 채 하루 종일 눈 한번 꿈쩍하지 않았다. 대단한 집중이요, 열정이다.

뭇사람들의 손가락질과 비웃음에도 아랑곳하지 않은 이런 자세 때문에 박제가는 김군을 '꽃의 역사'에 공헌한 공신의 하나로 기록될 것이고, '향기의 나라'에서 제사를 올리는 위인의 하나가 될 것이라고 평가했다.

명나라 말기의 문인 장대張岱도 멋진 말을 남겼다.

"벽이 없는 사람과는 사귀지 말라. 깊은 정이 없기 때문이다. 흠이 없는 사람과는 사귀지 말라. 진실한 기운이 없기 때문이다."

옛 사람들의 마니아 찬양은 명쾌하고 달콤하다. 그들 자신 무엇엔가 미쳐보았기에 나온 결론일 것이다. 가난하여 책을 이불삼아 덮고

잤던 책 마니아, 명인들이 만든 도자기를 모았던 도자기 마니아, 여행지에서 복제한 그림이나 갖가지 악기를 사 모았던 사람들. 물질적인 성공의 기준으로 보면 미쳤다고 밖에 볼 수 없는 이런 열정이 없었다면 우리 문명은 훨씬 더 초라해졌을 것이다.

할인점에서 사온 플라스틱 수납통에 연필들이 무럭무럭 쌓이고 있다. 쌓이는 속도를 보면 머지않아 더 큰 통이 필요하지 않을까 싶다. 경찰 조서를 작성하는 심정으로 말하자면 '처음부터 이럴 생각은 아니었다.' 평소 실사구시, 이용후생의 북학파 정신을 흠모해오던 나였다. 연필도 한 자루를 옹골지게 다 쓰기 전까진 새 것을 사지 않았다. 여벌로 쟁여두는 것, 필요 이상으로 쌓아두는 것을 경계하는 마음이 컸다.

1인 2역의 경찰 조서는 계속된다. 언제부터였지?

같은 브랜드의 연필이라도 생산연도에 따라 조금씩 다른 디자인과 필기감에 매혹되면서부터였던 것 같다. 생산이 중단되어 더 이상 시중에서 구할 수 없는 빈티지 연필에 대해 극찬하는 소문을 듣는다. 호기심이 생긴다. 지금보다는 훨씬 다양한 필기감을 가진 구형 연필을 써보고 싶은 욕구가 비 온 뒤 잠수교 수위처럼 높아진다. 오늘날의 연필은 비슷비슷한 심을 쓰기에 필기감이 획일화되는 경향이 있다. 그러니 이건 달콤한 악마의 유혹이다.

초기에는 구형 연필 한두 자루만 구했다. 연필 마니아 중에는 경도별로 양철상자에 든 세트를 반드시 두 개씩 구하는 사람도 있다. 한 세트는 실제로 쓰기 위해, 한 세트는 수집, 보관하기 위해서다. 연필을 수납하기에 가장 좋은 통이 무엇인지에 대해서도 기발한 의견들이 많다. 김치냉장고용 김치통을 최고로 치는 이도 있다. 김치통에 김치 대신 연필을 넣어두는 이들이라니. 인생은 얼마나 다채롭고 흥미진진한 이야기를 창조하는지.

배우자와 가족들의 눈길이 미치지 않는 옷장 속 깊숙한 곳이나 공구함 근처에 위장하듯 연필 상자를 보관하고 있는 사람들도 있다. 연필 수집을 들키는 것이 마치 자신의 가장 여린 부분이 밝혀지는 것이라는 듯 수줍게 숨기고 사는 귀여운 사람들. 비밀이 없는 삶은 권태의 타격에 힘없이 무너지게 마련이다. 설사 몇 다스의 연필에 불과한 비밀일지라도.

마니아는 특정한 행위나 사물을 통해 삶의 정체성을 확립해가는 사람이다. 연필 마니아는 연필은 단순히 쓰는 것이라는 상식을 넘어 연필로 세상의 경계를 넓혀간다. 연필에 대한 관심은 필연적으로 공학의 역사에 대한 관심으로 이어지고, 산업의 가장 기본이 되는 제조업의 특성을 이해하게 만든다. 한마디로 연필에 빠지면 지금까지 세상을 보던 방식과는 다른 방향의 공부가 시작된다.

연필산업은 이제 완연한 하향세이다. 학생들은 샤프를 더 많이 쓰

연필 수집을 들키는 것이

마치 자신의 가장 여린 부분이

밝혀지는 것이라는 듯

수줍게 숨기고 사는 귀여운 사람들.

비밀이 없는 삶은

권태의 타격에

힘없이 무너지게 마련이다.

고, 제도사들은 제도용 연필 대신 컴퓨터 프로그램인 캐드를 활용한
다. 학교를 졸업하고 직장인이 되면 연필은 과거의 나라에 두고 내려
야 하는 유산처럼 된다. 이런 추세 때문에 좋은 연필들이 많이 단종됐
다. 그래서 시중에 돌아다니는 소량의 구형 연필이 더 귀해진 것이다.
희귀성 때문에 소유의 욕망에 덧씌워진 아우라. 모든 수집은 바로 그
점 때문에 추진력을 얻는다.

나를 연필 마니아의 길로 이끈 첫 번째 빈티지 연필은 독일 연필
인 스타빌로 마이크로8000이다. 이 연필을 한 자루 구해서 시필을 해
본 나는 눈에서 비늘 하나가 떨어지는 것 같았다. 이 연필의 모든 것이
하나의 예술작품 같았다. 고급스러운 진홍빛의 몸체. 연필 뒷꼭지에
도 회사의 심벌인 백조를 넣은 섬세한 디자인. 좋은 나무를 사용해 깎
는 손맛도 각별했다.

무엇보다 황홀했던 것은 필기감이었다. 몇 글자 쓰자마자 최상급
의 흑연을 사용했음을 알 수 있었다. 부드럽게 종이 위에 발라지듯 스
며들면서도 퍼지지 않는 필감. 내가 연필에 바라던 기준을 충족시켜
주는 연필이었다. 이 아름다운 연필이 단종된 것은 인류 문화의 손실
이라고 생각한다. 그 정도로 안타까운 일이다.

스타빌로 마이크로8000의 역사는 히틀러 이전 시대까지 거슬러
올라간다. 아무리 오래된 연필이라도 깎아보면 나뭇결은 부드럽게 칼

끝에서 떨어지고, 필기감은 극강의 부드러움과 특유의 사각거림이 살아 있다. 여러 경도가 든 스타빌로 세트를 갖고 싶어서 몇 군데 화방을 들러봤지만 소득이 없었다. 선반 한 구석에서 먼지를 뒤집어쓰고 있던 이 귀한 연필을 발견한 눈 밝고 발 빠른 이가 먼저 다녀갔을 것이다.

나는 운이 좋았다. 연필 카페 회원을 통해 체코산 12경도 세트를 분양받은 것이다. 우체부 아저씨가 작은 택배 상자를 건네줬을 때의 벅찬 기쁨을 잊지 못한다. 나는 마치 레코드 가게에서 희귀 음반을 찾아냈던 10대 시절처럼 양철상자를 들고 제자리에서 콩콩 뛰었다.

스타빌로 마이크로8000에 빠진 뒤 내 연필 상자는 가파른 속도로 채워지기 시작했다. 1980~90년대에 생산된 문화 더존, 넥스프로, 동아 베스트, 하이폴리머 같은 국산 구형 연필, 체코의 코이노어 구형 연필, 일본 연필, 독일의 마스 루모그라프 구형 연필. 미국의 빈티지 연필, 스위스 연필……. 현재 생산되고 있는 제품도 빠지지 않았다. 동아 오피스, 가격대비 품질이 좋은 미라도 블랙워리어, 딕슨 티콘데로가…….

지금 이 순간에도 건물 밖에서 부르릉거리는 차 소리, 오토바이 소리가 들리면 가슴이 뛴다. 이번 주에도 몇 종류의 연필이 배송될 예정이기 때문이다.

고대하던 연필을 받으면 따뜻하고 확고한 기쁨이 온몸을 덮는다.

작은 새의 깃털 안에서 뛰는 심장박동을 느끼듯 천천히 경이의 물결에 잠긴다. 내게 무슨 일이 일어나고 있는 걸까. 무엇이 길을 찾아가고, 어떤 말이 이 연필들 끝에서 태어나려고 웅크리고 있을까.

남들은 크게 개의치 않는 소소한 것들에 매료된 이들은 삶의 단단한 기반을 찾는 몽상가들이다. 정형화된 틀을 거부하며, 많은 이들이 무심하게 대하는 일상의 소품을 비상한 시각으로 바라보는 이들을 나는 사랑한다. 세상의 눈치를 보지 않고 오로지 내면의 확고한 원칙에 따라 살아가는 인생 탐험가들을.

마니아와 중독과 광기는 습자지처럼 얇은 경계선에서 각자의 왕국을 다스린다. 이 비일상적인 열기들은 우주와 자신의 내면에서 울리는 메시지를 다른 강도로 받아들인 끝에 각자의 길을 간다. 연필수집가는 우표수집가처럼 비교적 온건하고 평화로운 쪽으로 분류된다. 여간해서는 연필을 수집하느라 가산을 탕진할 가능성은 적기 때문이다. 자기 파괴적인 유별난 기호는 아니어서 나는 안도한다. 한편으론 반쯤만 편벽에 빠진 사람에 그치는 것 같아서 조금 서운하기도 하다.

작은 사치에
빠져드는 시대

━━━━━━━ ,

베롤 비너스 3B 1다스, 딕슨 오리올 HB 1다스,
딕슨 티콘데로가 HB 4다스, 동아 COMPUTER B 1다스, 동아 오피
스 HB 1다스, 문화 더존 구형 HB 10자루, 미쓰비시 하이유니 HB 3자
루, 펜텔 CDT 3자루, 스타빌로 그린그라프 HB 2자루.

최근에 주문한 연필들 목록이다. 한동안 어디까지나 나는 실사용
자라고 선을 긋고 살아왔다. 그런데 어느 순간 정신을 차려보니 이젠
다스 단위로 연필을 구매하고 있다. 그뿐인가. 몇몇 연필은 경도별 세
트까지 갖추고 있다. 당연히 구입 금액도 점점 커졌다. 나중에야 대다

수 연필 애호가들이 비슷한 전철을 밟아간다는 걸 알게 됐다.

베롤 비너스 3B와 스타빌로 그린그라프 HB는 시중에서 쉽게 구할 수 없기에 기회가 왔을 때 외면하기 힘들었다. 동아 COMPUTER B는 단종됐다는 이유로, 더존 구형 HB는 구하기 어려운 실사용 경도라는 이유로 사들였다. 아무리 연필을 좋아한다고 해도 연필 때문에 소비와 쇼핑의 덫에 걸려들지는 않을 거라고 내심 자신하고 있었다.

'오케이, 이번까지만!'

매번 주문을 끝내면 스스로에게 다짐하곤 한다. 새로운 연필이 궁금해지면 모래성보다 허무하게 무너지고 마는 맹세였다. 가장 행복한 순간은 망설임 끝에 결제를 하고 택배나 우편물을 기다릴 때다. 막상 연필을 받아 포장을 뜯어 내용물을 확인하면 그것은 이미 완성된 욕망이 되고 만다. 연필을 깎아서 나무 향과 흑연 냄새를 맡고, 연필밥을 바라보며 시필을 해볼 때가 기대했던 행복에 정점을 찍는 순간이다. 그 뒤에 호기심은 빠른 속도로 오그라든다. 일시적으로 절박했던 갈망이 어처구니없이 스러지고 마는 것이다. 이런 과정을 반복하는 동안 연필은 쌓여간다.

완성된 사랑, 완성된 욕망, 완성된 결핍감……. 인생에 이런 게 가당키나 한 일일까. 알면서도 살다 보면 즐거이 오해하고, 헤매게 된다.

'어디선가 궁극의 연필을 담은 택배가 발송돼 오고 있는 중이다. 언젠가 도착할 그 연필을 기다리면 된다.'

몹시 탐나지만 값비싼 연필을 만나면 이런 주문을 외우기도 한다. 행복의 유예라고 할까. 내게 도착할 행복을 상상하며 기다리는 시간이 가장 설렌다는 것을 이제는 안다.

얼마 전 인터넷 뉴스에서 인도 뉴델리의 열다섯 살 난 소년이 1만 4천여 점의 연필을 수집했다는 기사를 읽은 적이 있다. 그 기사 밑에 달린 댓글들의 분위기는 대부분 부정적이었다. '연필은 모으라고 있는 게 아니다, 인도의 있는 집 자식이어서 가지는 헛짓거리 취미다, 그 돈이 있으면 빈민들이나 도와라, 예쁜 쓰레기를 잔뜩 모았구나…….' 가장 호의적인 반응이라고는 '나중에 연필박물관을 열면 되겠네' 정도였다. 확실히 인도에서 웬만큼 살지 않고는 영국의 엘리자베스 2세 여왕이 쓰던 금도금된 연필까지 모으기는 힘든 일이긴 하다. 실제로 소년의 아버지는 비행기 조종사이고 인도에서는 상류층에 속했다. 그러나 네티즌들의 반응이 진심으로 인도의 극심한 빈부격차를 걱정해서 나온 것만은 아닐 것이다.

신자유주의 경제 체제에서 생존하기에도 벅찬 현대인들은 타인의 이색적인 취미를 인정할 마음의 여유가 없다. 연필이라는 필기구가 워낙 평범하고 일상적인데다 라디오나 책처럼 점점 향유하는 사람이 적어진 사물이기에 사용가치로만 보게 된다고 할까. 내 주변 사람들도 내가 연필에 대해 품은 관심을 별스럽게 여기곤 한다. 그런 시선을 만날 때마다 연필이라는 창을 통해 시대의 징후를 헤아려보게 된다.

사람들은 이제 아무리 노력해도 어느 선 이상으로 생활을 향상시키기 어렵고, 계층 간의 이동이 어려운 시대가 됐음을 안다. 자본주의는 형식상으로는 체제 경쟁을 끝내고 유일무이한 이념이 된 지 오래다. 남은 것은 무한경쟁, 살아남아야 한다는 절박함뿐. 한마디로 사는 것이 재미없는 시대가 됐다. 질식할 것 같은 힘겨움 속에서 사람들이 소소한 일상의 즐거움을 포착해 위안을 찾기 시작한 것은 그렇게 해서라도 사는 재미를 찾고 싶어서일 것이다.

산행, 암벽등반, 텃밭 가꾸기, 바느질, 오디오 엠프와 스피커, DSLR 카메라, 영화 DVD, 엘피LP, 절판된 책을 모으거나 와인, 커피, 베이킹에 심취하기. 사람들은 너무도 견고해진 바깥세상에서 일상으로 시선을 돌려 애정을 쏟음으로써 자신만의 고유한 존재 방식을 탐색하려 한다.

분명 삶은 지리멸렬해졌다. 그리고 우리는 더 외로워졌다. 어떤 위로제도 없이 이 삶을 견딜 수 있으려면 얼마나 강해야 할까. 얼마만한 무감각으로 마음을 마취시켜야 할까. 따뜻한 피가 돌고 있는 한 그럴 수는 없다. 일상을 다른 빛깔로 채색해 마음의 윤기와 습도를 유지해야 살아 있다는 실감을 느낀다. 어른의 얼굴을 한 아이로 살아내기 위해, 일상의 무거운 짐을 잠시 내려놓기 위해 선택한 전략들은 이처럼 조금은 서글픈 진실을 담고 있다.

일본에는 2~3백 년씩 대를 이어 하는 가게와 기업들이 많기로 유명하다. 대를 이어 한 가지 일을 깊이 연구하는 장인들을 존경하는 문화가 자리 잡은 데는 역사적인 배경이 숨어 있다. 조선에는 과거제도가 있어서 일부 계층에 한정되었을지언정 신분상승의 돌파구가 좁게나마 열려 있었다. 그러나 일본은 오래전부터 신분의 이동이 엄격하게 제한된 사회였다. 그런 사회에서 유일하게 남은 자아실현의 길은 주어진 직업을 당연하게 받아들이고 열심히 일해 발전시키는 것이었다. 이것이 오늘날 일본의 '오타쿠' 문화로 이어졌다.

오타쿠는 한 분야에 몰두해 연구하는, 특정분야의 전문가를 말한다. 일본이 만화와 애니메이션 분야에서 뛰어난 역량을 보이는 것도 오타쿠 문화가 있었기에 가능했다는 건 널리 알려진 이야기다. 1990년대에 들어서 거품경제가 무너진 뒤부터 오타쿠는 대중문화의 중요한 아이콘으로 떠올랐다. 신분상승이 불가능해진 사회·경제적 배경에서 탄생한 오타쿠 문화. 어쩐지 오늘날 우리 사회가 걷고 있는 길과 비슷하다는 생각에 입맛이 쓰다.

완성된 사랑, 완성된 욕망,

완성된 결핍감……

인생에 이런 게 가당키나 한 일일까.

알면서도 살다 보면

즐거이 오해하고,

헤매게 된다.

오타쿠 또는 마니아는 '아주 작은 차이'에 미친다. 구형 연필과 신형 연필이 어떻게 다른지, 나무에 새겨진 각인이나 고무지우개를 감싼 패럴이 얼마나 아름다운지, 독일 연필과 일본 연필의 필기감이 어떻게 다른지에 대해 민감하게 반응하고 열광한다. 거대한 서사가 사라진 자리를 디테일에 탐닉하는 개인들이 채우고 있다고 할까. 아주 작은 차이에 순도 높은 열정을 바치며 탐구하는 이들의 내면에 어떤 마음이 소용돌이치고 있는지 누가 알겠는가. 오타쿠, 마니아의 배후에는 좌절된 열정이 짙게 배어 있다.

무엇엔가 맹목적으로 빠지다가도 잠깐 정지 버튼을 누르고 그것이 사회·문화적으로 어떤 의미와 맥락에서 이뤄지는 일인지, 어떤 허무감과 박탈감에서 나온 것인지 더듬어보는 것은 꼭 필요한 일이다. 이것을 전문용어(?)로 '성찰'이라고 한다.

쌓이는 연필 더미에서 결핍과 무력감의 징후를 느낄 때 나는 연필 상자를 정리하곤 한다. 나와 잘 맞아 즐겨 쓰는 연필만 남겨두고 주변에 나눠준다. 너무 엄격하게 마음의 이끌림을 재단할 필요도 없지만 때로는 비우고 절제하는 일도 필요하다. 어차피 욕망은 영원히 배고픈 괴물일 터, 때로는 폭풍 같은 열정을 담담하게 응시하는 것도 작은 사치를 완성하는 한 방법이다. 오래 사랑하기 위해서라도.

유혹과 탐닉, 중독의 마지막 경계선에서 자제력을 발휘한다고 해도 나는 또 써보지 못한 연필을 만나면 궁금해하고, 상상하고, 욕망이 투명한 탄환처럼 가슴을 파고드는 것을 지켜보게 되리라는 걸 안다. 산다는 것은 끊임없이 흔들리며, 나를 흔드는 바람의 근원을 탐사해 가는 일이기에. 폭풍 같은 열정이 한 차례 지나고 가면 열정이 지혜의 눈을 가리지 않는 경지에 이르러 담담하게 즐길 수 있게 된다.

어떤 이에게는 한낱 사물에 불과하지만 다른 이는 거기에서 정신적인 빛을 발견해 인생을 풍요롭게 가꿔가기도 한다. '사물의 경건함'을 알고, 가치를 알아보지만 소유에 얽매이지 않는 것. 마니아가 닿을 수 있는 가장 이상적인 경지가 아닐까 싶다.

동네 문방구점을
순례하다

───────────,

세상에서 가장 고적한 풍경 가운데 하나는 동네 문방구점 유리창에 붙은 '폐업예정'이라는 안내문을 보는 일이다. 종이에는 필기구와 실내화, 문구류를 반값에 정리한다고 적혀 있었다. 문구만 팔아서는 힘들었는지 가게 한 모퉁이에서 떡볶이와 붕어빵도 팔던 곳이었다. 중학교 바로 앞 문구점인데도 도저히 가게를 유지할 수 없었나 보다.

비 갠 뒤 가벼운 차림으로 할랑할랑 동네 마실을 나선 길. 햇살이 젖은 세상으로 내려와 천진하게 빛나고 있었다. 대기에는 아직 비 냄새가 풍겼고, 새들이 눈부신 하늘 밑을 날았다. 만일의 경우를 대비해 우산을 들고 나온 나는 활달한 풍경 앞에서 무르춤해졌다. 그러다 발견한 문방구점이었다.

가게는 대여섯 명 들어서면 복작거릴 만큼 작았다. 학교 파할 시간이 아니어서 가게 안에는 주인 아주머니만 있었다. 연필 꽂아둔 곳을 보니 최근에 생산된 중국산 더존 연필 한 종류밖에 없다. 하다못해 동아 연필도 없다. 더존은 진하고 부드럽게 써지는 대신 빨리 닳는 연필이다. 이걸로 긴 글을 쓰자면 중간 중간 자주 깎아야 한다. 그러나 연필이란 빨리 닳는 맛도 있어야 한다고 생각하는 나 같은 이에겐 반가운 연필이기도 하다.

기대하는 마음 없이 주인에게 물었다.

"오래된 연필은 없지요?"

아주머니는 주걱으로 떡볶이를 한번 휘저어 주면서 눈을 둥그렇게 떴다.

"얼마나 오래된 걸 찾는데요?"

"80년대나 90년대에 만든 거요."

이 도시에서 되도록 투명인간처럼 살아가려는 내게 이런 질문은 상대의 주의를 끄는 위험한 발언이다. 예상대로 아주머니는 내 행색을 위아래로 훑어본다.

"여긴 학교 앞이라 금방금방 팔리니까……. 요즘 나오는 게 더 좋지 않아요? 왜 구닥다리를 찾아요?"

아주머니는 이 동네에도 어김없이 괴팍한 취향을 가진 사람이 있구나, 싶은 얼굴로 나를 살핀다.

"그 시절 국산 연필 품질이 최고였거든요. IMF가 오지 않고, 사람들이 연필을 계속 많이 썼다면 더존 연필도 세계적인 연필이 됐을지 몰라요. 독일 연필이나 일본 연필처럼요."

"글쎄, 연필이 거기서 거기지……."

아주머니는 말끝을 흐렸다. 며칠 뒤면 문 닫을 문방구점 주인에게 국산 연필 산업의 부침에 대해 떠들다니. 나는 입을 다물었다. 얼른 자리를 뜨고 싶어 더존 하이 믹심 HB, B 두 종류와 잉크 펜을 몇 자루 골라 계산을 치렀다. 더존은 한 자루에 250원밖에 하지 않았다. 그걸 은장도처럼 가슴에 품고 돌아오는데 가슴이 시렸다. 또 동네 문방구점 한 곳이 영원히 세상에서 사라지는 걸 지켜본 것이다.

2010년부터 초등학교에서 '준비물 없는 학교'를 추진하면서 학교 앞 문방구들은 큰 타격을 받았다. 학교에서 노트, 지우개 등을 대형 도매상에서 싸게 구입해 나눠주니 아이들은 문방구점 갈 일이 없어졌다. 그나마 남아 있던 시장은 인터넷몰과 대형 사무용품 체인점이 차지하고 있는 형편이다. 조사에 따르면 전국 문방구점 숫자는 1999년 26,986개에서 2009년 17,893개로 대폭 줄었다고 한다. 2010년 이래로 해마다 수천 개의 문방구점이 문을 닫고 있다.

몇 달 뒤, 버스를 타고 이웃 동네로 나갔다. 그날의 목적지는 예술고등학교 가까이에 자리 잡은 문방구점이었다. 이날도 날이 흐렸고 구름이 아주 낮게 내려와 간간이 비를 흩뿌렸다. 이곳은 끊임없이 드나드는 학생들로 붐볐다. 주인에게 연필이 진열된 곳을 안내받자마자 곧장 탐색에 나섰다. '메이드 인 차이나'가 선명한 지상자를 몇 개 들춰내자, 거기 거짓말처럼 더존 준구형 상자가 몇 개 나타났다.

90년대 중후반까지 국내에서 만든 연필은 구형, 그 이후 2005년까지 전주 공장에서 만든 연필은 준구형이라고 부른다. 그 집 선반에 있는 연필은 2002년에 생산된 것이었다. 내 손으로 처음 발견한 준구형 연필. 심장이 쿵쾅쿵쾅 뛰기 시작했다. 다만 남아있는 경도가 2H, 3H, 6H뿐인 것이 아쉬웠다. 더존은 미친 경도를 자랑하는 진한 연필이라 2H, 3H까지는 필기용으로 손색이 없다.

2002년산 연필. 그 해에 나는 무엇을 했던가. 첫 책을 쓰기 전이었고, 여름엔 월드컵이 있었다. 지인들과 커다란 스크린이 설치된 맥줏집을 예약해 응원하고, 밤새도록 충무로와 종로를 오가며 행인들과 하이파이브를 했다. 모르는 사람의 술값을 대신 내주는 기분파 술꾼들이 있었고, 자동차들은 응원 구호에 맞춰 경적을 울려댔다. 온 나라가 공 하나에 집중하고 열광하던 기이한 시기였다. 그런 와중에도 전

안간힘을 다해 버티고 있는

퇴락한 문방구점에서

오래된 연필을 발견할 수 있다는 건

작은 행운이다.

소유해서 행복한 것이 아니라

숨은 가치를

알아볼 수 있기에 기쁘다.

주시 팔복동의 공장에선 더존 연필이 생산되고 있었던 것이다. 이제 더 이상 더존은 국내에서 생산되지 않는다.

값싼 인건비를 쫓아 연필 회사들이 중국과 아시아로 공장을 옮기는 동안 나는 신해욱 시인의 표현대로 '점점 갓 지은 밥 냄새에 미쳐'가는 나이가 됐다. 연필은 언제든 우리 인생의 어느 한 시절로 데려갈 준비가 돼 있는 추억유발자이다.

안간힘을 다해 버티고 있는 퇴락한 문방구점에서 오래된 연필을 발견할 수 있다는 건 작은 행운이다. 소유해서 행복한 것이 아니라 숨은 가치를 알아볼 수 있기에 기쁘다. 지금 내 손에 들어온 가장 오래된 더존 연필은 1988년 9월 1일에 생산된 H경도 여덟 자루이다. 연륜을 반영하듯 상자는 낡아 있고, 입구 부분은 너덜너덜 찢어지기 일보 직전이다. 이보다 더 오래된 연필에는 낙타가 그려져 있는데, 내게는 카멜 드로잉7000 4H 두 자루밖에 없다.

더존 연필 몸체에 희미하게 8809라고 새겨진 숫자를 들여다본다. 그 즈음엔 88올림픽이 열리고 있었을 것이다. 그때 나는 친가쪽 친척 집에서 학교를 다니고 있었다. 그해 그 집의 초등학생 딸은 결정적인 승부 장면이 나올 때마다 텔레비전을 감싸 안고 몸으로 가려버렸다. 아이는 아이다운 직감으로 어떤 시점에 텃세를 부려야 하는지 정확하게 알았다. 나는 아이가 생존의 위계질서와 그것을 활용하는 법을 안다는 사실에 언짢아했다. 그때 내 소원은 그 아이 머리통에 마음 놓고 꿀밤을 한번 먹이는 거였다. 그러나 한 번도 그러지 못했다. 자주 심통을 부리던 그 아이도 지금은 결혼해서 아이 둘을 키우는 어른이 됐다. 그 시기에 생산된 연필을 손에 넣으니 마치 시간을 가늘게 말아서 보관해두는 기분이었다. 언제든지 꺼내볼 수 있도록.

　필멸이 예정된 시간의 바다를 항해하는 동안 더 많은 문방구가 폐업하는 걸 봐야 할 것이다. 어느 시대에나 변화의 그림자는 있는 법이다. 이 나라 구석구석에서 최후의 한 곳까지 사라지고 나면, 솜씨 좋은 작가가 점토로 문방구점을 재현해 전시할지도 모르겠다. 아이들은 줄을 지어 그 앞을 지나가겠지. 마치 백 년 전 생활사 박물관에 온 듯이. 문방구점 외벽에는 빨간 돼지 저금통이 매달려 있고, 키 작은 오락기 앞에 태권도 도복을 입은 아이가 앉아 게임에 열중하는 표정까지 섬세하게 빚어놓은 전시장을 나는 상상한다. 그때 우리가 점토로 빚은 형상 앞에서 발견하는 것은 추억이라는 말로는 부족한 한 시대의 초상일 것이다.

좌절한 사람들의
연필깎이

————————,

지도에는 안 나와 있지만 이 세상 어딘가에는 좌절한 사람들이 사는 섬이 있다. 해마다 그 섬으로 유입되는 인구가 너무 많아서 조금이라도 기운을 차리면 강제로 쫓겨나는 섬. 그곳에서는 좌절을 인생에 필수불가결한 동반자로 여기기에 굳이 감출 필요가 없다. 대결이나 극복의 자세를 취하는 시늉조차 할 필요가 없다. 그것만으로도 천국 같은 곳이었다.

나는 얼마 전에 그 섬에서 쫓겨났다. 어린 시절부터 간절히 가지고 싶었던 샤파 기차 연필깎이를 장만했다는 이유로. 샤파, 샤파, 하이 샤파…… 세상에, 그 연필깎이가 아직도 나오고 있었다.

"원하던 걸 하나라도 얻은 사람은 더 이상 여기 있으면 안 돼."

섬의 촌장은 엄숙하게 퇴거 명령을 내렸다.

"겨우 연필깎이 하나인데요?"

나는 조금 억울했다.

"겨우라니? 하이샤파는 40년의 역사를 지닌 연필깎이라고. 비록 칼날은 일본에서, 부품은 중국에서, 디자인 및 조립은 한국에서 완성해 다국적이지만, 엄연히 '메이드 인 코리아'가 붙은 국산 연필깎이야. 회전식 연필깎이계의 스테디셀러지."

촌장은 하이샤파를 만드는 (주)경인 티티산업의 역사를 꿰고 있었다. 내가 장만한 것이 가질 만한 가치가 있다는 확신이 들자 군말 없이 짐을 챙겨 섬을 떠났다. 어린 시절 변변한 연필깎이 하나 없이 온통 수작업으로 연필을 깎지 않았던가. 샤파 때문에 얼마간 기운을 차린 게 사실이기도 했다.

택배 상자에서 번쩍번쩍 빛나는 은빛 모양의 기차를 꺼냈을 때, 나는 웃음을 터뜨리고 말았다. 기차 샤파는 어린 시절, 있는 집 애들 방에서 봤던 것과 하나도 변하지 않은 것 같았다. 수십 년째 같은 프로그램에서 방송하고 있는 디제이의 음성처럼 반가웠다. 변하지 않는 게 있어서 얼마나 다행인가.

샤파는 손잡이 부분의 흰 단추를 똑딱 누르면 굵은 심과 가는 심,

2단계로 조절할 수 있다. 나는 주로 가는 심에 맞춰놓고 며칠 동안 신나게 연필을 깎아댔다. 글을 쓰기 위해 연필을 깎는 것인지, 연필을 깎기 위해 글을 쓰는 것인지 모를 정도였다. 연필을 입구에 맞물리게 넣고 손잡이를 돌릴 때마다 봄날에 지붕 없는 기차를 타고 소풍을 가는 기분이었다. 바람에 부드럽게 나부끼는 머리카락, 창밖을 스쳐가는 들판과 나무와 집들. 그리고 손에 쥔 연필과 노트.

　나무가 깎이는 동안 손에 묵직하게 전해지는 저항감은 마지막 단계에 이를수록 헐거워졌다가 마침내 헛돌게 된다. 이 짧은 순간 느끼는 행복의 질감은 언제나 변함이 없다. 얼른 얼른 써서 연필밥을 가득 만들어야지. 낮이나 밤이나 내 샤파 기차는 신나게 달렸다. 깃이 짧은 연필을 선호하거나 좀 더 길고 날카롭게 깎이는 연필깎이를 원하는 이도 있지만 샤파는 딱 중간 정도의 적당한 길이로 깎인다. 무난하다는 표현이 어울리는 연필깎이이다.

　샤파와 나의 밀월기간은 짧았다. 어느 날 다시 좌절하는 사람들의 섬으로 가야 할 일이 생기고 만 것이다. 연필의 나무와 흑연의 경계 부분이 일정하게 깎이지 않았고, 연필 부스러기가 묻어 나왔다. 한쪽은 심이 길게 드러나고, 다른 쪽은 짧았다. 편심현상 때문인가? 편심 가능성이 적은 독일, 일본 연필들도 깎아봤다. 결과는 같았다. 연필깎이의 편축현상이 아닌가 싶었다.

샤파 연필깎이는 애프터서비스도 가능하다. 연필깎이 상자에 적힌 번호로 전화를 걸었다. 접수직원을 거쳐 담당자와 연결된 뒤 자초지종을 설명했다.

"봐야 알겠는데요. 택배로 보내주시면 살펴보고 고쳐 보내드립니다. 문제없어요."

남자직원은 친절하고 명쾌한 목소리로 답했다. 이쪽에서 택배를 보내고, 받아서 문제를 점검해보고, 다시 택배로 돌려 보내기까지 대략 일주일 정도 소요될 거라고 했다. 한창 샤파에 빠져 있던 나는 일주일 동안 떨어져 있어야 한다는 사실에 뜨악했다. 그냥 이대로 쓸까? 한쪽만 심이 길게 드러난다고 세상이 끝장나는 것도 아니지 않은가. 단지 샤파에 대한 믿음이 조금 흔들리고, 미학적으로 완벽하지 않다는 게 걸릴 뿐. 한쪽 잇몸이 더 길게 드러난 것처럼 연필을 볼 때마다 마음이 쓰일 뿐.

반쯤 체념하고 절충법을 찾아냈다. 칼로 연필을 깎은 뒤 샤파로 심만 다듬는 것이다. 그럭저럭 쓸 만했다. 집밖에서는 파버 카스텔 UFO 펜슬에 달려있는 휴대용 연필깎이나 중국 공장에서 만든 모닝글로리 돼지 연필깎이를 썼다.

가을로 접어들 무렵, 나는 미세한 좌절감이 아직 해결되지 않은 채 남아 있는 걸 느꼈다. 수십 년 만에 어른이 되어 처음 가져본 기차 샤파. 나의 샤파는 이러면 안 되는 거였다. 애정을 지닌 사물에 조금이라도 홈이 생기면 상처처럼 자주 들여다보게 된다. 자주 간지럽고, 때때로 신경이 쓰인다.

샤파를 깨끗이 닦은 뒤 상자에 담아 직접 티티경인 사무실을 찾아가기로 했다. 성남으로 가는 작은 여행이었다. 지하철을 한 시간 가까이 타고, 다시 버스로 갈아타며 찾아간 길. 하늘이 지상과 멀찍이 떨어져 푸른 멍을 내보였고, 은행나무는 이제 막 다른 빛깔의 옷으로 갈아입는 계절이었다. 처음 가본 동네는 조금은 황량하고, 적막하면서도 복잡해 보였다. 건물 외관이 온통 유리로 마감된 대형건물 4층에 회사가 있었다.

서비스를 받으러 왔다고 하자 여직원은 복도 밖의 다른 방으로 데려 갔다. 방에 들어서자마자 탄성이 나왔다. 세상에! 널찍한 방엔 다양한 모양의 샤파가 가득 쌓여 있었다. 형광등 불빛을 받아 반짝반짝 빛나며 수리를 기다리고 있는 낡은 연필깎이들. 어디선가 연필을 깎고 또 깎으며 살다 마침내 이곳으로 생을 연장하러 오거나 마지막을 맞으러 온 기차들이었다. 장난감이 가득 쌓인 창고에 들어간 아이처럼 나는 넋을 잃고 기차들을 바라봤다. 모퉁이 책상에서 내 나이 또래로 보이는 한 남자가 일어나서 다가왔다. 전화로 통화했던 A/S 담당기사, 아니 연필깎이 의사였다.

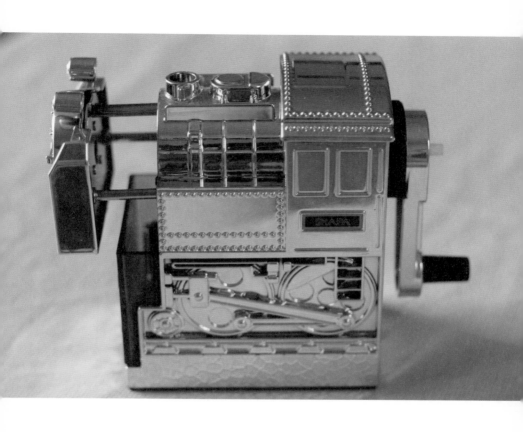

변하지 않는 게

있어서

얼마나 다행인가.

"어떤 문제가 있나요?"

간단히 불편한 점을 얘기하자 그는 내 기차를 들고 책상으로 갔다. 서랍에서 더존 연필 한 다스를 꺼내더니 몇 자루를 깎아본다. 내가 할 때와 마찬가지로 골고루 깎이지 않는다. 그는 익숙하게 기차를 해체했다. 순식간에 기차 내부가 드러나면서 칼날이 뽑혀 나왔다. 중요한 부분들을 손질하고, 입으로 불고, 다시 조심스럽게 짜 맞추더니 다시 연필을 깎았다. 이번에는 표면에 아무런 표시도 없는 중국산 테스트용 연필을 사용했다.

"연필깎이는 괜찮은데요. 연필의 편심이 문제예요."

연필깎이 의사는 몸은 이상이 없고 다만 섭생이 문제라고 말하듯 간단하게 소견을 밝혔다. 자신의 말을 입증하려는 듯 중국산 테스트용 연필을 좌르르 쏟아내 손아귀에 모으더니 심 부분을 보여줬다. 테스트용으로 쓰기 위해 일부러 연필심이 정중앙을 벗어나 한쪽으로 몰려 있는 편심 연필들만 모아놓은 것이었다. 이어서 앞서 깎은 더존 연필도 내밀었다. 나는 연필을 받아들고 자세히 살펴봤다. 그때서야 더존 연필에 희미하게 새겨진 0004라는 숫자가 보였다. 2000년 4월에 생산된 구형이었다. 맙소사. 이 귀한 걸 시험용으로 마구 쓰다니.

"어떤 사람들은 40년 된 연필깎이도 들고 와요. 자기가 어렸을 때 쓰던 걸 자녀에게 물려줬다가 고치러 오죠. 제가 보기엔 이 연필깎이는 문제없어요. 연필을 중앙에 똑바로 고정시켜 깎아보세요."

어쩌면 칼날이 미세하게 틀어져 있는지도 모른다. 그러나 하루 종일 연필깎이만 들여다보는 전문가가 그걸 발견 못했을 리 없다. 그럼에도 나는 적이 실망하는 기색을 감추지 못했다. 한나절 시간을 빼서 여기까지 왔지만 이곳에서 할 수 있는 일은 없었다. 나는 망설이다가 책상 위에 놓인 작은 산 모양 마크의 더존 연필 상자를 조심스럽게 가리켰다.

"저 더존 연필은 국내에서 생산된 구형인데 살 수 없을까요?"

"몇 자루 안 남았는데 그냥 드릴게요. 여기까지 왔는데……. 덤으로 이 연필도 줄게요."

연필깎이 의사는 의외로 선선하게 연필을 내주었다. 거기에 테스트용 중국산 막연필 몇 자루까지 얹어주었다. 이런 횡재가! 본사까지 와서 연필깎이만 한 번 해체했다가 조립하고 돌아가자니 기운이 빠지긴 했다. 나는 순식간에 좌절의 섬으로 가려던 허탈한 마음을 추슬렀다.

감사의 인사를 건넨 뒤, 잠시 샤파에 대한 이야기를 나눴다. 나는 어린 시절 기차 샤파를 가진 친구가 얼마나 유치하게 으스댔는지 그날 처음 만난 그에게 일러바쳤다. 아마 그도 비슷한 추억이 있을 터였다. 어쩌면 어른이 돼서도 분한 마음이 가시지 않아 급기야 샤파 회사에 입사했는지도 모른다.

　연필들과 기차 샤파를 챙겨들었다. 그리고 연필깎이의 왕국을 나섰다. 문을 닫기 전, 마지막으로 한번 실내를 바라보았다. 한꺼번에 이렇게 많은 은빛 연필깎이들을 다시 보기는 힘들 것이다. 건물 밖 유리창에는 석양빛에 물든 구름이 흘러내릴 듯 넘실거리고 있었다. 곧 위로처럼 망각처럼 어둠이 찾아올 터였다. 연필과 연필깎이를 위한 작은 여행이 끝났다. 다시 좌절하면 이번에는 어디로 가야 할까.

연 필 을 사 랑 하 면
우 체 국 에 갈 일 이
많 아 진 다

───────────── ,

오늘은 오겠지.

산책하러 나선 길에 건물 입구의 우편함을 본다. 과연 봉투가 하
나 꽂혀 있다. 편지봉투보다는 크고, 일반 사무용 봉투보다는 작은 크
기의 봉투다. 손보다 먼저 마음이 달려가 봉투를 껴안는다. 안에 보호
비닐에 감싸여 있는 연필상자의 윤곽이 잡힌다. 마치 커피콩이 든 봉
투처럼 기분 좋은 부피감이 손 안에 감겨든다. 봉투 안에는 단종된 문
화 넥스프로 2B 한 다스가 들어 있을 것이다.

연필이 담겨 있는 봉투가 앙증맞다. 일반 편지봉투에 넣어 보내

기엔 안심이 안됐는지 가로 세로 23x12.7cm 봉투를 사용했다. 봉투 앞면에 받는 사람, 보내는 사람의 주소가 모두 연필로 적혀 있다. 받는 사람의 주소는 혹시 지워질까 염려해 하얀 종이에 따로 써서 투명 테이프를 붙였다. 주소까지 연필로 쓰다니 과연 연필 애호가답다. 소박한 글씨며, 폭신한 작은 봉투가 그 자체로 하나의 예술품 같다. 나는 직감적으로 알게 된다. 한동안 이 봉투를 버리지 못하리라는 것을.

연필을 보내온 곳은 경북 포항시. 보낸 사람은 연필 카페 회원으로 얼굴도 모르는 이다. 이름과 필체로 봐서 학생이거나 20대 남자가 아닐까 추측할 뿐이다. 단종된 구형 연필을 넉넉하게 발견한 사람은 원하는 사람에게 연필값과 배송비만 받고 보내준다. 서로 연필을 얼마나 좋아하고 아끼는지 알기에 기꺼이 수고를 대신해주는 것이다. 모르는 사이지만 서로를 신뢰하기에 할 수 있는 착한 쇼핑과 배송. 세상에는 아직 연필을 사랑하는 사람이 꽤 있을뿐더러 선량함을 연필심처럼 심중에 간직한 이들도 많다. 게다가 포항의 이 분은 더존 구형과 판촉용 연필 한 자루씩을 덤으로 넣어주었다. 연필을 좋아하는 이들끼리 나누는 이러한 수수한 인정은 세상의 비정함을 잊게 만든다.

지금까지 이런 방법으로 여러 구형 연필을 분양받았다. 나도 시중에서 흔히 구하지 못하는 연필을 발견하면 기꺼이 이런 수고를 할 준비가 돼 있다. 준비는 돼 있으나 구형을 발굴한다는 건 의지와 소망만으로 되는 일이 아니다. 행운도 따라야 한다.

예전에는 연필 몇 자루를 편지봉투에 넣어 일반우편으로 주고받을 수 있다는 생각을 해보지 못했다. 그런 방식으로 서로 연필을 교환하고 있는 사람들의 세계가 있다는 것조차 알지 못했다. 그 과정은 의외로 간단하면서도 아날로그적이다. 연필 몇 자루를 비닐 완충재로 감싼다. 편지 봉투에 주소를 적고 연필을 넣는다. 봉투 입구를 풀칠한 뒤 우표를 붙이거나 우편료를 지불하고 접수시킨다. 끝. 그러면 상대방은 며칠 뒤에 우편함에서 연필이 담긴 봉투를 발견하게 된다. 연필과 우체국의 만남은 아련하고 정겹다.

보내는 사람, 받는 사람과 우편번호가 인쇄된 일반 편지봉투에는 연필 한 다스를 넣을 수 있다. 연필 한 다스가 담긴 상자는 의외로 날씬해서 편지봉투에 쏙 들어간다. 중간에 분실될까 두렵고 빨리 받고 싶다면 등기나 택배를, 좀 더 느긋하고 저렴한 방식으로 받고 싶다면 일반우편을 이용하면 된다.

손으로 쓴 편지를 받는 일도 드문 요즘 세상에 며칠에 걸쳐 천천히 도착하는 연필을 기다리는 일은 신선하기까지 하다. 나는 그 느긋한 기다림을 즐기고, 연필을 향한 조급함을 치유하기 위해 등기보다는 일반우편을 부탁하곤 한다. 등기는 받는 사람이 집에 없으면 재방문을 위해 집배원 아저씨가 되가져가 버리는 치명적인 약점이 있어서

다. 지금까지 일반우편으로 받았어도 중간에 분실되거나 우편함에서 사라지는 일은 없었다.

담백하게 연필만 보내고 받기도 하지만 때로는 간단한 메모와 편지를 함께 넣기도 한다. 어느 필기구로 쓰나 손글씨는 반갑고 정겹다. 그러나 연필로 쓴 글씨는 더 각별하게 눈과 마음을 사로잡는다. 연필을 쥐고 한 자 한 자 써나갔을 순간이 봉투에 봉인되어 있다가 풀려나올 때 내 입가에는 저절로 웃음이 맺힌다. 그 순간 타인은 더 이상 어쩔 수 없이 동행해야 하는 비행기 옆 좌석의 승객 같은 존재가 아니다. 잠깐이나마 허기지고 목마른 세상살이를 잊고 연필 몇 자루를 징검다리 삼아 연대하게 된다.

연필과 편지가 든 봉투를 들고 우체국에 가는 날이면 마음밭에 부는 바람결이 다르다. 사람은 고독할 때 가장 순수하고 맑을 수 있는 존재이기도 하지만, 타인과 진심으로 소통할 때도 가볍고 밝아진다. 우체국까지 걸어가는 동안 나는 눈길 닿는 모든 풍경과 피부에 와 닿는 작은 자극에 기쁘게 반응한다.

우체국 창구에서 봉투를 내밀면 직원은 늘 똑같이 묻는다.

"안에 내용물이 뭐죠?"

일반 우편물과는 다르게 도톰한 질감이 느껴지는데 뭐가 들었는지 도무지 짐작할 수 없다는 표정이다.

"연필이에요."

내 대답도 늘 똑같이 수줍게 건너간다. 우체국 직원은 단번에 이해하고 다음 단계로 넘어간다. 온갖 사람들이 연필보다 더 신기한 품목을 편지봉투에 넣어 보내는지도 모르겠다. 그래서 '연필쯤이야……' 하는 건지도. 연필을 이상하게 여기지 않고 보통의 관심에 그쳐주어서 그저 감사할 뿐이다. 요금을 치르고 우체국을 나서면 며칠 뒤 연필과 편지를 받는 이가 느낄 어리둥절하고 소소한 즐거움을 상상하는 일만 남는다. 연필로 쓰는 것이 원초적인 손의 감각을 일깨운다면, 바로 그 연필을 부치기 위해 우체국에 가는 것은 아날로그 감성의 한 정점이 아닐까 싶다.

오늘 내 손에는 우편으로 받은 넥스프로 2B 한 다스가 있다. 상자에서 연필을 꺼내본다. 까만색 몸체에 노랗게 금박으로 박힌 연필 이름. 일본 연필 톰보우 모노J와 비슷한 디자인이지만 단순하고 깔끔해서 좋다. 연필에는 희미하게 0208이란 숫자가 찍혀 있다. 2002년 8월이면 거의 단종되기 직전에 문화연필 전주 공장에서 만든 연필이다. 넥스프로는 스케치나 데생용으로 당시 문화연필에서 심혈을 기울여 만든 미술용 연필이다. 그림 쪽 용도로는 워낙 일본 연필을 많이 쓰기에 그 시장을 겨냥해 야심차게 만들었으나 결국 그 벽을 넘어서지 못한 채 단종되고 말았다. 문화연필은 넥스프로를 마지막으로 국내에서

연필과 편지가 든 봉투를 들고

우체국에 가는 날이면

마음밭에 부는 바람결이 다르다.

우체국까지 걸어가는 동안

나는 눈길 닿는 모든 풍경과

피부에 와 닿는 작은 자극에

기쁘게 반응한다.

는 연필을 생산하지 않고 있다.

한 자루를 깎아 써보기로 한다. 아무리 귀한 구형이라 해도 연필은 쓰라고 만든 것이다. 소유의 집착을 덜어내고 칼을 준비한다. 첫 칼날이 나무에 스며들 때 손끝으로 전해지는 부드러운 느낌. 새 연필을 깎을 때면 연필마다 다른 목재의 결을 선명히 감지할 수 있다. 넥스프로는 두 번째 칼날도 부드럽게 받아들인다. 나무가 베여나가면서 짙은 향이 피어오른다. 고급 삼나무 향이다.

어떤 구형 연필은 칼날을 받으면 도끼로 팬 것처럼 쩍, 쪼개지기도 한다. 그러나 오늘 구한 넥스프로는 십여 년이 지났는데도 부드럽게 깎인다. 한 겹 한 겹 나무를 깎아낼 때마다 진한 나무향이 퍼진다. 아로마 테라피를 해도 좋을 정도다. 간혹 만든 지 수십 년이 지났어도 나무가 변형되지 않고 순하게 깎이는 연필이 있는데, 명품 연필이란 이런 연필을 두고 하는 말이다.

계속 나무를 깎아나간다. 갈색의 나무 속살이 사랑스러운 자태를 뽐낸다. 아아, 이 순간. 이렇게 연필을 깎는 순간, 인생의 진실도 단순하고 소박하게 속살을 드러낸다. 오롯한 지금 이 순간의 나무 향기는 얼마나 착하고 장한가. 연필향이 풍기는 순간은 어떤 불안, 혼란, 쾌락도 대단하지 않다. 나는 살아서 한 자루 자연을 깎고 있는 것이다. 가난해서 자유롭지 못하다고 생각했던 지난 시절의 어리석음을 웃음으로 정리하게 된다. 손끝에도 나무 향이 배었다. 십여 년 전의 연필 한 자루가 여러 사람의 수고를 거친 뒤 내 곁에서 그 마지막 여정을 끝내고 쉰다. 한 생 잘 보낸 이의 마지막이 그렇듯, 정성들여 만든 연필의 최후도 장엄하고 아름답다.

연필심을 연마하는 마무리는 샤파 연필깎이의 수고를 빌린다. 두어 바퀴만 돌려도 심이 길고 알맞게 깎인다. 백지에 아무 글자나 써본다. 오호! 이거였구나. 부드럽고 쫀득한 필감! 일반 2B보다는 연한 편이다. 부드럽게 글자들이 흘러나온다. 종이를 반 정도 채울 때까지 계속 써본다. 시간이 지나자 심이 뭉툭해지면서 약간 흑연이 번지지만, 원래 미술용이라는 것을 감안할 때 이해할 만하다. 시필을 마친 넥스프로를 다시 깎아 연필꽂이에 꽂아 둔다. 이렇게 해서 또 한 자루의 연필이 내 간택을 기다리며 있게 됐다.

1822년 에티오피아 방문기를 실은 서구의 잡지는 수단에 살던 어느 흑인이 이렇게 기도했다고 전한다.

"세상의 창조주이며, 우리에게 가느다란 나무토막 가운데 잉크를 넣는 재주를 가르쳐주신 신을 찬미하라."

그로부터 3백 년 가까운 시간이 지나 동북아시아의 어느 연필 애호가 한 명은 고요히 읊조린다.

아멘.

백 퍼 센 트   연 필 을
만 나 는   일

——————,

"어느 연필이 가장 훌륭한가요?"

누군가 내게 묻는다면 이렇게 답할 것이다.

"세상에 그런 연필은 없어요. 질문을 바꿔야 해요. 내 곁에 가장 가까이에 있는 연필이 무엇인가로."

인생도 그렇다. 평생 도달하지 못할 것 같은 기준을 품고 살더라도 만족은 가장 가까운 곳에서 찾아야 한다. 서랍 속에는 고가의 한정판 연필도 있지만 내 자잘한 낙담과 헝클어진 기분, 오래도록 기억하고 싶은 인생의 선물을 기록하는 것은 지금 내 손에 쥔 몇 백 원짜리 연필이다.

● 평생 도달하지 못할 것 같은

기준을 품고 살더라도

만족은 가장 가까운 곳에서

찾아야 한다.

연필은 기록자의 자질을 따지지 않는다. 연필의 우열을 따지고 서열화 시키는 것은 인간이다. 살면서 가장 어둡고 추운 날, 나와 함께 해준 것은 대부분 보잘 것 없고 족보도 없는 연필들이었다.

연필은 의외로
힘이 세다

————————,

"일기를 연필로 써도 될까요?"

언젠가 이런 질문을 받은 적이 있다.

"물론이죠. 연필 기록도 꽤 오래 간답니다."

내 대답은 괭이갈매기가 먹이 위로 내려앉는 것처럼 간단하고 명쾌했다.

흔히 연필로 쓴 기록은 일시적이고 언제든 사라질 수 있다고들 생각한다. 흑연의 지속성에 대한 의문, 또는 지우개로 지워진다는 속성 때문에 생긴 편견일 것이다. 그러나 연필은 의외로 보존성이 좋다. 빅토리아 시대나 미국의 남북 전쟁 시대 때 연필로 쓴 문서나 일기장을 아직까지 읽을 수 있을 정도다.

우리 역사에도 그런 예가 있다. 1905년 11월 30일, 민영환은 일본에 나라를 잃은 애통함과 분노를 이기지 못하고 자결하면서 명함에 연필로 유언을 써서 남겼다. 유언을 연필로 남기는 것은 지금도 그렇고, 더구나 그 당시에는 더욱더 상식에 어긋나는 일이었다. 더구나 명함 여백에 썼다. 나도 여러 번 미리 유서를 써둔 적이 있지만 한 번도 연필을 사용하지는 않았다. 먹을 갈아 붓으로 종이에 쓸 여유가 없을 정도로 그의 마음이 얼마나 격렬하고 급박했는지 짐작할 만하다.

나의 가장 오래된 연필 기록은 30여 년 전에 쓴 일기이다. 어느 날 오래된 상자를 뒤적여 일기장을 꺼내봤다. 한때는 갑갑할 만큼 너무도 천천히 흐르던 시간이 언제부터 꽁무니에 엔진을 달고 질주하기 시작했을까. 세월은 정말 빠르게 흘러간다. 남의 시간이건 나의 시간이건.

어린 시절 나는 일기장용 공책을 따로 사지 않고 갱지로 손수 만든 종이 묶음에 썼다. 갱지를 두툼하게 준비해 윗부분을 송곳으로 뚫어 검은 색 판지를 맨 앞장에 대고 끈으로 묶어 만든 것이다. 갱지 한 가운데에 금을 그어 한 면에 이틀 치 일기를 쓸 수 있게 했다. 날짜와 날씨를 적고 다음 칸에 '중요한 일'을 줄여 '중일'이라고 쓰고 제목을 달아뒀다. 중일-방학숙제, 중일-이사, 이런 식이었다. 어느 날 선생님께서 반 아이들에게 내 일기장을 펼쳐 보이며 아이디어를 칭찬해주셨던 기억이 난다.

연필로 꾹꾹 눌러 쓴 글씨는 괜찮은데 오히려 위태로운 것은 갱지이다. 전체적으로 암갈색이 되었고, 특히 가장자리는 한층 더 누렇게 바랬다. 시간이 더 지나면 끝부분부터 바스라질 것 같다. 역시 연필보다 종이가 더 세월에 약하다. 매주 월요일에 선생님이 찍어준 파란 스탬프의 '검인' 표시도 뚜렷하다. 때로는 반장이 대신 검사하고 스탬프를 찍기도 했고, 위아래로 적힌 '검'자와 '인'자 사이 날짜 적는 칸에는 학생들이 직접 쓰도록 했던 기억이 난다. 일기는 종이끼리의 마찰로 흑연 자국이 약간 번져 있을 뿐, 알아보는 데 지장은 없다.

2월 19일 눈, 흐림.

아침에 학교에 가려고 준비하고 있는데 마을 스피커에서 오늘 날씨가 추우므로 등교하지 말라는 방송이 나왔다. 그 말을 듣고 퍽 기뻤다. 그렇지 않아도 학교에 늦었기 때문이다. 오후에 미아, 하진이, 현화, 애영이와 수건으로 눈을 가리고 찾는 놀이를 했다. 나는 한 번도 술래를 안 했다.

3월 12일 맑았다가 약간 흐림.

작년 담임선생님께서 우리 반 교실을 들여다보며 나를 부르셨다. 그래서 가보았더니 전과 있냐고 물어보셨다. 없다고 대답하자 새 학년 전과를 내 손에 건네주셨다. 교사용으로 나온 전과인데 선생님은 필요 없다며 공부 열심히 하라고 하셨다. 눈물이 핑 돌 것 같았다.

3월 23일 비.

텔레비전으로 영화를 봤다. 제목은 'U보트'였는데 한 잠수함에서 벌어지는 이야기였다. 여러 가지 위험한 일들을 해치우고 항구에 도착하자마자 적군에게 비행기 폭격을 당했다. 함장과 선원들이 다 죽고 두 사람만 살아남았다. 무시무시한 영화였다.

4월 2일 맑음.

오늘은 토요일이어서 일찍 마쳤다. 은자네 집에 놀러 가서 TV를 봤다. 한참 보고 있는데 은자 언니가 고구마를 쪄서 김치와 젓가락과 함께 가져 왔다. 그래서 은자와 맛있게 먹었다. 산에도 올라갔다. 은자는 산에 피어 있는 진달래를 뜯어서 먹었다. 나도 따라서 입에 넣어봤는데 너무 써서 뱉고 말았다.

나의 유년은 때로는 위태롭고 추웠다. 그러나 일기에는 아이다운 일상이 나타나 있을 뿐, 카메라가 부감으로 아래를 내려다보듯 당시의 처지를 비추지는 않고 있다. 아직 전모를 파악할 만한 힘이 없었거나 천진함이 위태로움을 누르고 있었던 것 같다. 그럼에도 연필이 없어서 공부에 지장을 받았다거나 일기를 못 썼던 기억은 없다. 아무리 전락해도 연필 정도는 있었던 것이다.

초등학교 시절의 일기는 6학년이던 해의 12월 11일 날짜로 끝나 있었다. 마치 남의 일기인양 읽다가 마지막 장에 이르러 '뭐야, 이 아이는?' 싶어 웃음을 터뜨렸다.

나는 '사람이란 결국 무엇일까' 하고 생각해 보았다. 너무도 의문스러운 점이 많다.

나라는 존재는 무엇인가?

살아있다는 의미는 결국 무엇인가?

나는 이런 내 마음속의 질문에 대답하기 위해 얼마나 갈팡질팡하였는지? 내 주위의 모습은 처참하다. 특히 시험 칠 때와 어제 있었던 일들은. 자기의 욕심을 채우려고 마음대로 하는 행동에 눈살을 찌푸리지 않을 사람은 없을 것이다. 그래서 속세를 등지고 절로 들어가는 것이구나 하는 생각이 들었다. 이것도 '추억'이라는 단어에 속해 어디론가 가버리고 말까?

왜 나는 이런 많은 질문에 대답하지 못하는 것일까? 나는 아직 어리다. 경험도 없다(약간 있을지도 모른다). 하지만 내가 지금 하고 싶은 말은 참된 삶이다.

일기에 언급한 시험 칠 때와 전날 있었다는 사건이 어렴풋이 기억난다. 6학년 마지막 시험을 치를 때였다. 나와 그만그만한 성적으로 등수를 다투던 남자 아이들 몇 명이 부정행위를 저지르는 장면을 보게 됐다. 선생님의 감독은 그날따라 무척 느슨했다. 아이들이 책을 펴서 답을 채워 넣어도 모를 정도였다. 나중에 그 아이들은 흡족한 성적표를 받고 즐거워서 야단이었다. 친구들의 부정을 이를 수도 없고, 그렇다고 부당한 결과를 받아들이기도 버거워 제법 속앓이를 했던 기억이 난다. 아이들도 나름대로 학교라는 축소된 사회에서 이리저리 부대끼며 인생을 배워간다.

'나는 이런 내 마음속의 질문에 대답하기 위해 얼마나 갈팡질팡하였는지?' 특히 이 대목이 압권이다. 팔다리 짧은 어린이 주제에 너무 진지하다. 그때의 나는 몰랐던 것이다. 어른이 된 뒤에도 그 갈팡질팡이 계속된다는 것을. 앞일을 모른다는 것이 어느 때는 신의 배려처럼 느껴질 때가 있다. 한때는 몹시 마음 상했던 일이 지금은 일기에서 짐작했던 대로 추억이 되었다. 일기가 남아 있는 덕분에, 연필 글씨를 지금도 선명하게 알아볼 수 있어서 어린 시절의 천진함과 자잘한 기쁨,

좌절의 풍경을 다시 한번 살아볼 수 있었다.

아직 내 필체가 채 완성되기 전, 아이다운 글씨로 쓴 일기를 볼 때마다 마치 전생을 들여다보듯 아득해진다. 모든 개인적인 기록은 훗날 기억날 듯 말 듯 어리둥절한 느낌, 여러 번의 생을 산 것 같은 신비감을 맛보게 하기 위해 존재하는 게 아닐까.

작가 괴테는 나보다 더 긴 50여 년 전에 남겼던 자신의 연필 흔적을 발견하고 눈물을 흘렸던 적이 있다. 바이마르 공화국의 정치가로 활동하던 때 그는 모든 일을 꼼꼼하게 챙기며 몹시 까다롭게 굴었다고 한다. 도서관 직원들에게는 날씨뿐만 아니라 생활의 자잘한 일들까지 기록하는 일지를 쓰게 했다. 책들은 모두 커버로 감쌌고, 손님이 찾아오면 일부러 기다리게 한 다음 옷차림을 점검하고 훈장까지 달고 나가서 맞았다. 그리고 책상에는 모든 연필들이 크기에 따라 질서 정연하게 나란히 놓여 있도록 했다.

1780년 젊은 괴테는 산지기 막사에 8일 동안 머물렀던 적이 있었다. 그로부터 수십 년이 지나 무슨 생각이 들어서인지 그는 그곳을 다시 찾았다. 여든두 번째 생일을 하루 앞둔 1831년 8월 27이었다. 임산부처럼 배가 불룩한 노작가는 숨을 헐떡거리며 산지기 막사 2층으로 올라갔다. 괴테는 벽을 유심히 살폈다. 51년 전 이 방에서 지내면서 벽에 짧은 시를 적었던 것이다. 마침내 남쪽 창문 왼쪽에서 그는 오래

● "일기를 연필로 써도 될까요?"

"물론이죠. 연필 기록도 꽤 오래 간답니다."

전에 자신이 연필로 쓴 글을 발견했다.

산봉우리 너머는 고요하기만 하다.
어느 우듬지에서든 너는 숨결마저 느끼지 못하는구나.
새들도 숲 속에서 침묵하고 있구나.
기다려라. 너도 곧 쉬게 되리니.
— 1780년 9월 7일 목요일

시를 읽는 동안 눈물이 노작가의 뺨에 흘러내렸다. 괴테는 손수건
으로 눈물을 닦으며 우울하게 말했다.

"그래, 기다려라. 너도 곧 쉬게 되리니."

산지기 막사를 방문하고 7개월 뒤 괴테는 세상을 떠났다.

51년 동안 벽에 그대로 남아 있던 연필로 쓴 시. 자신의 시대가
막이 내릴 것을 예감한 노작가는 젊은 시절의 흔적을 보고 무슨 생각
을 했을까. 아마도 회환과 그리움과 압축된 세월이 현기증을 일으켰
을 것이다.

지금 내가 연필로 쓰는 기록은 언제까지 남아 있을까. 아니, 언제
까지 기록할 수 있을까. 연필로 남기는 기록은 내 삶의 어떤 순간을 포
착해 보여줄까. 훗날 다시 읽을 때 나는 또 어떤 삶의 자리에 이르러

있을까. 일어난 일을 받아들이고, 일어나고 있는 일에 온 마음을 기울이고, 일어날 일을 통해 배울 것이 있음을 알기. 그것을 잊지 않기를 바랄 뿐이다.

연필로 글을 쓴다는 건 불확실한 것들을 향한 신성한 경배이다. 누군가 지워도 상관없다는 초연한 마음까지 덤으로 얻는다.

예 술 가 의
연 필 을 품 은 숲
————————,

기록하려는 사람들의 오랜 꿈은 휴대가 가능한
필기구를 갖는 것이었다. 연필이 발명되기 전, 서양 사람들은 갈대나
깃털로 만든 펜과 잉크를 휴대하고 다녀야 했다. 동아시아의 지식인
들에게는 벼루와 먹, 붓이 필수 휴대품이었다. 그 시대 사람들이라면
'그야 당연하지' 하며 살았을 테지만, 21세기의 나로서는 꽤 번거롭게
느껴진다. 거추장스러운 보조 기구 없이 달랑 연필 한 자루만 들고 다
니게 된 것은 필기구의 혁명이라 할 만했다. 독일의 어느 연필회사가
다음과 같이 연필을 찬양한 것도 무리는 아니다.
  "예술과 과학의 확산에 이것처럼 기여한 물건도 없으며, 전 세계

적으로 이렇게 일상화되어 있고 날마다 그 이름이 호명되는 물건도 드물 것이다. 너무 익숙해져 있기에 우리는 연필을 무관심하게 대하는 것 같다."

예술가들이 연필을 어떻게 사용했는지, 그들이 어떤 방식으로 작업했는지 이야기하는 것은 언제라도 즐겁다. 예를 들면 소설가 귄터 그라스는 파버 카스텔9000 3B만 고집한다고 한다. 파버 카스텔9000은 끼 없는 모범생처럼 단정한 연필인데 2B~3B 정도는 돼야 일반 HB와 비슷한 진하기가 된다. 귄터 그라스가 선호하는 경도가 나와 비슷한 것 같아 반가웠다.

소설가 김훈은 독일 연필을 주로 쓰고, 몽당연필은 한의사였던 조부님이 사용하던 저울에 모아둔다고 한다. 여러 해 전 우연히 들른 안국동의 한 카페에서 연필로 글을 쓰고 있는 작가의 모습을 본 적이 있다. 한적한 카페의 탁자 하나를 차지하고 앉아 작가는 말 그대로 '온몸으로 밀고 나가는' 글쓰기를 하고 있었다. 나중에 알게 된 사실이지만 원고지에 연필로 꾹꾹 눌러 쉰 장을 넘게 써야 겨우 열 장을 얻는다고 한다. 고통스럽고 까다롭고 더딘 작업이다. 어느 인터뷰에서 작가는 컴퓨터로 쓰는 행위를 '비천하다'고 했다. 한편으로는 표현의 격렬함에 놀라고, 한편으로는 그이다운 기개라고 생각했다.

빈센트 반 고흐는 친구 안톤 반 라파르트에게 보낸 편지에서 자신의 마음을 훔친 연필에 대해 썼다.

"이 연필은 이상적이라고 할 만큼 단단하면서도 매우 부드러워 목공용 연필보다 색감도 훨씬 좋지. 재봉사 소녀를 그릴 때 이 연필을 썼는데, 석판화 같은 느낌이 정말 만족스럽더라고. 게다가 한 자루에 20센트밖에 안 해."

고흐가 언급한 연필은 파버 카스텔이었다. 늘 미술용품 살 돈이 모자라 동생 테오에게 생활비가 오기만을 기다리던 고흐에게도 연필은 그다지 부담이 안 가는 것이었나 보다. 평생을 가난과 고독, 열정에 시달렸던 그의 삶을 생각하면 참으로 다행스러운 일이다.

펜과 종이를 대할 때처럼 물감을 사용할 때도 부담이 없었으면 좋겠다. 색을 망칠까 싶어 두려워하다 보면 꼭 그림을 실패하기 때문이다. 내가 만약 부자였다면 지금보다 물감을 덜 썼을 것이다. ─1888년 6월

아무리 생각해도 나에겐 우리가 써버린 돈을 다시 벌 수 있는 다른 수단이 전혀 없다. 그림이 팔리지 않는 걸……. 그러나 언젠가는 내 그림이 물감 값과 생활비보다 더 많은 가치를 가지고 있다는 걸 다른 사람도 알게 될 날이 올 것이다. 그림을 그리느라 너에게 너무 신세를 졌다는 채무감과 무력감이 나를 짓누르고 있다. 이런 감정이 사라진다면 얼마나 편

수많은 작가, 화가, 음악가들은

연필을 활용하면서 그들의 시대를

나름대로 최선을 다해 헤쳐 나갔다.

이 작고 가느다란 필기구에 의지해

오욕칠정을 그려나갔던

앞선 이들의 분투를 생각하면

연필을 쥘 때마다 뭉클해진다.

할까. ― 1889년 5월 2일

　요즘은 온통 그림에만 관심을 쏟고 있다. 내가 미치도록 사랑하고 존경했던 화가들처럼 잘 그리려고 노력하고 있다. ― 1889년 7월 24일

　다시 태어난다면 지금보다 나은 삶을 살 수 있기를. ― 1880년대 어느 날의 기록

　의지가 물러지고 마음이 약해질 때 고흐가 테오에게 보낸 편지를 읽곤 한다. 특히 '다시 태어난다면 지금보다 나은 삶을 살 수 있기를'이란 대목에 이르면 싸한 연민에 가슴이 에인다. 그의 핏물어린 기록 앞에서 철없이 징징거리는 생각 같은 건 가위로 뚝 잘라내듯 떨어져 나간다.

　발명가 토마스 에디슨은 유난히 몽당연필을 좋아해서 연필공장에 특별히 짧은 연필을 만들어달라고 부탁했다고 한다. 그는 한 번에 천여 개씩 많은 연필을 주문해 썼다. 그리고 조끼주머니에 늘 이 몽당연필을 넣고 다녔다. 에디슨이 주문한 연필은 심이 부드럽고 보통 연필보다 진하게 써지는 것이었다. 길이는 불과 7.5센티미터. 한번은 주문한 연필이 마음에 들지 않자 이글 연필회사에 항의편지를 보냈다.

"이번 연필은 너무 짧아서 주머니 안감에 휘감기거나 구석에 끼여 버립니다."

내게 마침 7.5센티미터쯤 되는 몽당연필이 있어 손에 쥐어봤다. 연필 끝이 엄지와 검지 사이의 협곡에 딱 맞게 눕혀진다. 편하다고 할 수는 없어도 연필홀더에 끼우지 않고 그냥 쓰기에 무리는 없다. 그러나 서양 남자의 커다란 손으로 쥐기엔 작았을 것 같다. 연필을 붓처럼 세워서 써야 했을 것이다. 사람마다 선호하는 연필의 길이도 제각각 다른 걸 보면 저마다의 개성이 얼마나 다양한지 새롭게 다가온다.

연필에 관한 한 헨리 데이비드 소로우의 경험을 따라 잡을 사람은 없다. 아버지가 세운 연필회사를 직접 운영했으니까. 내가 어렸을 때는 문방구점을 하는 집 아이만 해도 엄청난 보물더미에서 사는 것처럼 보였다. 만약 연필공장을 하는 집 아이를 봤다면 연예계의 아이돌을 보듯 동경했을 것 같다.

소로우 연필회사는 1830년대 초에 이르자 미국 최초로 연필 산업을 태동시켰던 윌리엄 먼로 회사(1812~)를 위협할 정도로 성장했다. 영국제나 프랑스제 연필의 질을 따라가진 못했지만, 미국 내 타사 제품보다는 그나마 결점이 덜한 연필을 생산했다. 소비자들의 반응도 좋았다. 소로우는 매사를 책으로 배우는 사람답게 고급 연필 생산을 계획할 때도 일단 하버드 도서관에서 연구부터 했다. 책을 통해 연필에 대해 감을 잡자 공장에서 직접 장비와 재료를 가지고 실험했다. 기계와 공정 개발에도 열을 올렸다. '안 하면 안 했지 일단 손댔으면 끝을 봐야지.' 그 무렵 소로우는 이런 마음이었던 것 같다. 그는 미국 최고의 연필을 생산하겠다는 야심에 차 있었다.

그 덕분에 1844년 소로우는 국내외의 어느 연필과 비교해도 손색없는 질 좋은 연필을 생산하는 데 성공했다. 스승이자 친구인 랄프 왈도 에머슨은 그 연필들이 아주 뛰어나다고 생각해 예술가들에게 보내며 적극 추천했다. 소로우는 자신이 만든 연필이 영국제 드로잉 연필만큼이나 훌륭하다고 자부했다고 한다.

그러나 안타깝게도 소로우는 한 가지 일을 진득하게 계속하는 성격이 아니었다. 자신이 만든 연필이 일정한 수준에 올랐다고 생각하자 급속도로 흥미를 잃고 더 이상의 개선 노력을 하지 않았다. 연필산업이 한창 잘 되고 있던 1845년 3월부터 그는 집과 회사에서 멀리 떨어진 곳에 오두막을 짓기 시작했다. 바로 그 유명한 월든 호숫가 생활을 시작하기 위해서였다. 그 사이에 독일 연필이 수입되자 가격 경쟁력에서 밀리기 시작했고, 때마침 연필보다는 흑연 판매로 더 많은 돈을 벌게 되자 소로우 집안은 연필 사업을 접었다.

에머슨은 연필 사업에 푹 빠져 있던 시절의 소로우를 다음과 같이 묘사했다.

"(소로우가) 낱개짜리 연필이 잔뜩 들어 있는 상자에서 연필을 세면서 꺼내는데, 한 번에 한 다스씩 쥐면서 매우 빠르게 셌다."

내가 은행원으로 일하다 그만 둘 때쯤 손끝의 감으로 돈뭉치를 잡은 뒤 세보면 얼추 100장에 가까웠듯이, 소로우도 그 즈음 육체적인 감각이 최고조에 이르렀던 모양이다.

미국 시인 메리 올리버는 숲속을 산책하다 연필이 없어 메모를 못할 경우를 대비해 나무의 가지 사이에 연필을 숨겨둔다고 한다. 시인의 연필을 품은 숲. 시인의 시를 가장 먼저 듣는 청중이자 무료 문구 보관소 역할을 해주는 나무들. 언젠가 기회가 닿으면 프로비던스의 그 숲을 꼭 한번 걸어보고 싶다.

수많은 작가, 화가, 음악가들은 연필을 활용하면서 그들의 시대를 나름대로 최선을 다해 헤쳐나갔다. 이 작고 가느다란 필기구에 의지해 오욕칠정을 그려나갔던 앞선 이들의 분투를 생각하면 연필을 쥘 때마다 뭉클해진다. 나 자신 연필 한 자루에 의지해 건넜던 수많은 생의 외나무다리를 생각하면 이 소박한 발명품에 다시 한번 경외감이 솟는다.

사 랑 하 는 사 람 속 에 는
신 이 있 다
——————,

　　호평 받는 연필이나 문구류를 구입해 막상 써보
면 기대에 못 미치는 경우가 종종 있다. 그럴 때는 내가 정말 좋아하는
것을 찾기 위해 기회비용을 치렀다고 생각한다. 경영자인 안톤 볼프
강 그라폰 파버 카스텔Anton Wolfgang Graf von Faber-Castell 백작의 이름을
딴 그라폰 파버 카스텔처럼 고가의 연필이면 속이 쓰릴 수도 있다. 이
연필은 순은으로 패럴을 둘렀고 나무에 열두 개의 홈을 판 디자인이
독특한데다 가볍고 필기감도 좋은 고급품이다.
　　하지만 대다수 연필은 선택에 실패하더라도 크게 상심할 정도는
아니다. 아무리 사소하다 해도 실패는 누구나 피하고 싶은 법. 그래서

낯선 연필을 구입할 때는 시험 삼아 한 자루씩 구입하곤 한다. 누구에게는 극찬을 받는 연필이라도 내게는 싱겁고 밍밍할 수 있다. 다른 사람들에게는 그저 흔한 연필 가운데 하나일지라도 내게는 몇 다스라도 쟁여놓고 싶은 명품의 반열에 들기도 한다. 개인의 취향이란 하나의 줄기에서 숱하게 뻗어나간 잔뿌리처럼 제각각 생명력을 뿜낸다.

처음 연필에 빠졌을 무렵, 나는 진하고 부드러운 연필을 선호했다. 종이에 진한 흑연 자국이 나타나야 덩달아 내용도 선명해지는 것 같았다. 더존 HB를 쓰다가 카랑다쉬 테크노그라프777 HB를 쓰면 그렇게 심심할 수가 없었다. 마치 간을 안 한 죽을 건강 때문에 억지로 넘기는 느낌이라고 할까. 카랑다쉬가 훨씬 비싼 연필인데도 그랬다. 종이에 뚜렷한 흔적이 남고 손날에 거뭇거뭇한 흑연이 묻어나야 제대로 뭔가를 쓴 것 같았다.

다른 연필보다 흐린 편인 파버 카스텔9000의 경우는 2B 경도를 써도 정을 붙이지 못했다. 남들이 좋다는 데는 이유가 있겠지 싶어 모처럼 마음을 내서 쓰다가도 이내 연필꽂이 통에 다시 꽂아버렸다. 3B는 조금 더 진하긴 했지만 어쩐지 완전히 다른 연필처럼 느껴져서 또 뒷전으로 밀려나기 일쑤였다. 그런데 같은 파버 카스텔 연필이라도 비교적 값싼 골드파버는 HB경도라도 꽤 즐겨 썼다.

'난 비싼 연필 취향은 아닌가 봐. 보급형이 더 좋은 걸 보면.'

저렴한 연필에 만족하니 한편으론 다행이라고 생각했다.

한동안 사용 후기에 '연한 편'이라는 문구가 있으면 '내 과'가 아닌 것으로 간단히 결론 내렸다. H나 F경도의 매력에 새롭게 눈을 떴다는 이들이 신기하기만 했다. 연필통에는 몇 개월이 지나도 처음 몇 번 깎은 상태에서 더 이상 줄어들지 않고 그대로 있는 연필들이 꽤 있었다. 그러는 동안 진하며 연필 몸통의 각이 부드러워 손가락을 덜 압박하는 아모스 딕슨 티콘데로가 HB 같은 연필을 총애했다. 더존이나 동아 오피스 HB, 스테들러 노리스 2B에 진심으로 만족했다.

그런데 언제부터였을까. 변화가 찾아왔다. 연하고 단단한 연필의 아름다움도 알게 된 것이다. 심지어 흑연자국이 번지고 한 줄 바꿔 쓸 때마다 심이 뭉텅 닳는 연필을 향해서는 '쯧쯧, 널 어쩐다니?' 하며 못난 자식을 보는 어미의 심정까지 들었다.

부드럽고 적당히 진하면서도 뭉개짐 없이 깔끔하며 단단한 연필.

이상적인 연필의 초상이 좀 더 복잡하고 까다로워졌다. 취향을 가다듬어 간다는 건 만족의 조건이 더 엄격해진다는 뜻일 것이다.

이제 오래도록 소외됐던 연필들의 반격이 시작됐다. 연필심의 질감은 흑연과 점토, 그 밖의 성분을 어느 정도 비율로 배합하느냐에 따라 달라진다. 그 배합의 차이를 미세하게 느끼게 되면서 진하다고 또렷한 것만은 아니고, 연하다고 흐리멍덩한 것만은 아님을 알게 됐다. 비

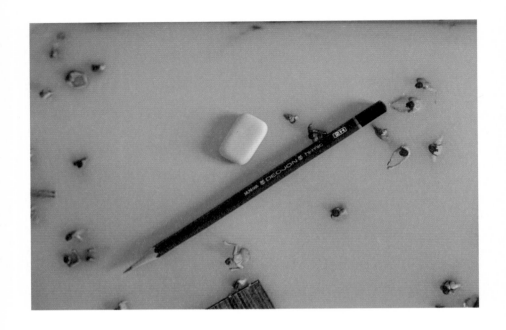

사랑은 분석하는 것이 아니라

그저 경험하는 것일 뿐.

그 경험의 한 가운데에서

한 사람의 인간으로서

똑바로 서는 순간이

내게는 소중하다.

취색 페인팅과 은색 패럴이 아름다운 터콰이즈TURQUOISE 연필은 워낙 연한 연필이라 B경도나 돼야 겨우 필기용으로 쓸 만하다고 생각했다. 그래서 귀하게 얻었는데도 자주 꺼내지 않았다. 그런데 어느 날 사랑이 다가오듯 HB나 F경도의 터콰이즈를 다시 보게 된 것이다. 쫀득하고 매끈한 필기감이 손에 착 감겨드는데 '오!' 탄성이 새어 나왔다.

'왜 이제야 나를 찾은 거야?'

기회만 된다면 다른 것과 바꿔버리고 싶었던 연필들이 그동안의 설움을 토해내듯 내 손 끝에서 검은 눈물을 뚝뚝 흘렸다.

모든 것은 변한다. 그 흔한 진실을 연필을 쓰면서 다시 확인한다. 돌이켜보면 모든 것은 변한다는 그 단순한 사실을 잊을 때마다 괴로움이 찾아왔다. 만물의 변화, 그중에서도 특히 사람 마음의 변화는 아무리 겪어도 익숙해지지 않았다. 한 발만 잘못 내밀면 허무와 냉소의 늪에 빠지는 건 순식간이었다.

이제는 안다. 세상에는 영원하지 않아서 다행인 것이 있고, 변화하기에 이 우주가 조화를 이뤄간다는 것을. 변화는 유연성 없는 정신에게는 고통이지만, 늘 깨어서 새벽의 마음을 간직하려는 이에게는 마땅히 거쳐야 할 과정임을. 그래서 변화는 희망의 다른 말이기도 하다. 누군가 내 사랑은 안 변했다고, 언제나 한결 같았다고 말한다면 세세한 과정은 건너뛰고 뭉뚱그려 내린 결론일 가능성이 높다. 순간순간에 낱낱이 깨어 있지 않았다는 얘기일 수도 있다.

사람을 향한 마음도 시시각각 요동치는데 사물에 대한 생각은 오죽할까. 내가 연필에 품었던 흑심(?)도 예외는 아니었다. 이제는 첫눈에 반하거나 단번에 눈 밖으로 밀어내는 마음을 믿지 않는다. 오늘 마음에 쏙 드는 연필이라도 언젠가는 지루해질 날이 온다는 것을 안다. 그래서 오늘 마음에 안 드는 사람, 풍경, 연필이라도 다시는 안 볼 것처럼 냉랭하게 돌아서지 않게 된다. 실망스러운 연필이 있으면 슬며시 뒤로 물리고 기다린다. 언젠가는 다시 찾을 날이 있다는 것을 경험으로 알기 때문이다. 자신의 마음을 믿을 수 없다는 것을 알게 되면서부터 우리는 비로소 어른이 되는 건지도 모르겠다.

마음의 본성을 알아차린다는 것은 변화의 의미를 알파에서 오메가까지 꿰뚫어본다는 뜻이다. 티베트에서 수행자가 이루는 최고의 경지는 죽을 때 무지개 몸을 이루어 몸 자체가 사라지는 것이다. 얼핏 신화 같은 이야기로 들리지만 티베트에는 실제로 여러 사례가 전해 내려오고 있다. 어느 깨달은 이는 아내, 자식들뿐만 아니라 키우던 가축들까지 한꺼번에 데리고 사라지기도 했다.

깨달은 이들은 먹고 자는 일에 초연한 채 하루 내내 지극한 행복에만 잠겨 있을 것 같지만 그렇지 않다. 남이 보거나 말거나 기도를 하다가 잠들어버리기도 한다. 자고 싶으면 자고, 화가 나면 화를 낸다.

깨달은 이들이 내는 화는 평범한 세속인들의 그것과는 다르다. 자의식이나 손해 여부, 체면 이런 것들에서 촉발된 화가 아니라 커다란 자비심에서 우러나온 반응이다. 그러나 화를 낸 뒤에는 마음에 한 점 흔적도 남지 않는다. 자유롭고 느긋하고 밝다. 변화하는 마음을 완전히 놓아버렸기 때문이다.

그날그날의 기분이나 분위기에 따라 이런 저런 연필을 선택하면서 무지개 몸이란 대체 어떤 상태일까 상상하곤 한다. 내게는 무지개 빛깔보다 더 다양한 색깔의 연필이 한 아름 있다. 이 연필들을 쥐고 그려나가는 세계는 결코 무지개 빛깔처럼 곱지만은 않다. 이 지상에 붙들려 있는 동안 다양한 부침을 겪을 수밖에 없기 때문이다.

사람의 마음과 취향이 덧없이 변하는 것이라고 해도 나는 언제까지나 사랑하는 자로 남고 싶다. "사랑하는 사람은 사랑받는 사람보다 한층 더 신에 가깝다. 왜냐하면 사랑하는 사람 속에는 신이 있지만 사랑받는 사람 속에는 신이 없기 때문이다"는 어느 작가의 말에 취해서만은 아니다.

사랑은 분석하는 것이 아니라 그저 경험하는 것일 뿐. 그 경험의 한 가운데에서 한 사람의 인간으로서 똑바로 서는 순간이 내게는 소중하다. 상처받고도 끝내 훼손되지 않는 무엇인가를 연필심처럼 가슴에 품고 세상의 길들을 걷게 되기를 나는 바란다.

사랑은 분석하는 것이 아니라 그저 경험하는 것일 뿐.

그 경험의 한 가운데에서

한 사람의 인간으로서 똑바로 서는 순간이 내게는 소중하다.

상처받고도 끝내 훼손되지 않는 무엇인가를

연필심처럼 가슴에 품고

세상의 길들을 걷게 되기를 나는 바란다.

————————————————————— ●